CHARACTER
翼沙《つばさ》 風華《ふうか》
翼沙《つばさ》 雪月《ゆづき》

プロローグ

夏休みが続いている。

今年は特に暑いらしく、毎日気温は信じられない数値を示し、エアコンなしではとても過ごせない。

「暑いけど、エアコンがあればオッケーよね」

「はい、エアコンのおかげでこうしていられますね」

「まあな」

俺はリビングのソファに座り、その両側には双子の美少女——

翼沙《つばさ》雪月《ゆづき》とその双子の妹、風華《ふうか》がいる。

「あ、でも大丈夫？　真樹《まさき》、あたしら、汗臭くない？」

「いや、全然」

「きゃっ、んんっ♡」

俺は雪月の首筋に唇を這わせる。

もちろん汗臭さなどまるで感じず、髪から甘い香りが漂ってくる。

雪月は黒のキャミソールにショートパンツという格好で、豊かな90センチGカップの胸の谷間が強調され、まぶしい太ももも丸見えだ。

好きな子に告ったら、双子の妹がオマケでついてきた3

鏡遊

BRAVENOVEL
ブレイブ文庫

CONTENTS

SUKI NA KO NI KOKUTTARA
FUTAGO NO IMOUTO GA
OMAKE DE TSUITEKITA

テーマパーク #双子
テーマパーク #双
テーマパーク # お化け屋敷

「わ、わたしはどうでしょう、真樹さん？」

「風華も全然だな。むしろいい匂い……って言ったらキモいか？」

「いえ、嬉し――ひゃうっ♡」

俺は風華の首筋にも口を近づけ、ぺろっと舐めてみせた。

特に汗など浮かんでいないし、いつもどおりなめらかな肌の味わいがする。

風華のほうは白のワンピース姿で、こちらも姉と同じ90センチGカップの胸の谷間が覗き、乱れたワンピースの裾から太ももが見えている。

茶髪ロングの雪月、黒髪ロングの風華。

ギャルの雪月、清楚な風華。

二人とも真逆のように見えて、双子であるために顔は実はそっくり。

身体付きも胸の大きさや腰の細さ、脚の長さまでミリ単位で同じなのではと思うほどだ。

その双子の身体を――俺は好きにさせてもらっている。

「んっ、んむむ……」

「真樹さん、わたしも……」

雪月と唇を重ねてむさぼり、続いて風華とキスしてその柔らかな舌を吸い上げる。

双子美少女とのキスは何度味わっても、頭が真っ白になるほど気持ちがいい。

可愛い双子と同時にイチャつくなど、恵まれすぎ――だが、当然のことではある。

俺は、翼沙雪月と風華、この双子美少女と同時に付き合っているのだから。

「やんっ、今度は胸？♡」

「あっ……今日はちょっと乱暴ですね♡」

俺は両側にいる双子美少女のGカップおっぱいを同時に揉む。

たっぷりとした量感の胸を持ち上げるようにして揉み――指でその先端を挟むようにする。

二人とも実は今、ブラを着けていない。

おかげで薄いキャミソールとワンピースの布地越しに、つんと尖った乳首の感触を楽しめる。

「んっ、んんっ……♡　乳首まで、そんなに♡」

「あんっ、あっ……くすぐった……あっ、真樹さんっ♡」

二人は胸を揉まれ、乳首をいじられて、甘い声を漏らしている。

雪月と風華は顔だけでなく、声もそっくりで同時に左右から聞こえてくると変な感じでもある。

だが、それ以上に甘く可愛い声は聞いていて心地よい――

「はぁ……こちらも凄いことになっています……」

「優羽《ゆう》たちの口でこんなに大きくなって……」

「うっ……あ、亜沙《あさ》、優羽……おまえたちこそ凄すぎ……」

俺と雪月と風華、三人が座っているソファの前には――

双子のメイドが正座している。

セミロングの銀髪に、黒いワンピースと白いエプロンのクラシックなメイド服。

整った顔は表情に乏しいが、わずかに頬を赤く染めて——

俺のズボンから飛び出したペニスを、美しすぎる双子メイドが舌を伸ばしてぺろぺろと舐めてくれているのだ。

「んんっ、亜沙がもっと先っぽを舐めて差し上げます……」

「では、優羽がもっと奥までしゃぶって差し上げます……」

「う、うおっ……」

姉の亜沙が先端をぺろぺろと舐めたかと思うと、妹の優羽が喉の奥まで届きそうなほどぐっとくわえ込んでくれる。

亜沙と優羽は髪型も顔も服装もまったく同じだが——

突然、俺はこの二人の見分けがつくようになった。

今、舌を伸ばして先端をぺろっと舐めてくれたのが亜沙、喉の奥まで呑み込んでしゃぶってくれたのが優羽だ。

「と、というか……雪月、風華、それに亜沙と優羽。こ、こんなのいいのか？」

「なによ、こんなのって？」

雪月が俺の首筋に抱きつき、ちゅっと軽くキスしてきた。

「わたしたちと亜沙さんたちが一緒にこんなことをしていることですか？　わたしは気にしませんし、ゆづ姉《ねえ》も楽しんでますよ♡」

風華が、ワンピースの胸元をズラして、自分の豊満な胸を俺の顔に押しつけてくる。

「はい……亜沙たちは、お嬢様たちのオマケですから……」

「オマケのことは気にせず、真樹さまは好きに優羽たちを使ってください……」

「『口でも胸でも……どこでも』」

双子メイドが同じ声で同じ口調で、完全にシンクロして言う。

ああ、俺もわかってる……この四人がなにを思っているかわかってはいるんだが。

カノジョである双子の美少女とイチャイチャしながら、双子の美少女メイドに奉仕してもらえる。

こんな幸福があっていいのか……？

雪月のオマケが妹の風華、そして雪月姉妹のオマケがメイドである亜沙と優羽。

オマケにオマケがくっついて、カノジョ二人とメイド二人の身体を楽しめるようになってしまった。

「うっ……！　雪月、風華……わ、悪い……メイドたちが凄すぎて……！」

「ふふ、別にいいわよ。いつでも好きなときに……」

「ええ、次は交代してわたしたちがぺろぺろしてあげますから……」

「って、ちょっと待って！」

雪月と風華が悩ましい声でささやいた直後、大声が上がった。

俺がそちらを見ると――

「ア、アタシ、なに見せられてんの!?」

顔を真っ赤にした派手なギャルが、リビングの壁際に張りつくようにして立っている。

雪月の親友で、俺にとってはクラスメイトである鷹耶理衣奈《たかやりいな》だ。

「ユヅと妹さんのことは任せたけど、メイドさんも一緒だとは聞いてない！」

「そりゃ言ったら、ドン引きするだろ……？」

「ドン引きされるのはわかってんの!?」

鷹耶は耳まで真っ赤になって、わめいている。

黒髪ショートに赤いメッシュを入れた鷹耶はギャルっぽい見た目に似合わず、純情なところがあるらしい――

いや、純情じゃなくてもこんな光景を見せられれば、大抵の女子は怯《ひる》むよな。

「あ、あの、お姉ちゃん……ぼ、ぼくは大丈夫だから……」

「いえ、大丈夫じゃないでしょ。奈楽香《ならか》には刺激が強すぎるっての……」

その鷹耶の脚にしがみつくようにして、一人の少女が座り込んでいる。

薄手のイエローのパーカーをはおり、フードをかぶって顔が隠れた女の子だ。

彼女は鷹耶奈楽香――鷹耶の双子の妹だ。

「ああ、アタシら、ここにいていいのかな……」

「そう言われてもな。鷹耶、おまえがここに住ませてくれって言ってきたんじゃないか」

俺はそこまで冷静なわけでもないが、一応ツッコミを入れておく。

念のために言っておきたい。

俺は、クラスメイトとその妹に、双子のカノジョとメイド二人とイチャついているところを見られて平気な性格でもないのだ。

もちろん、自分の情事を見せつけて喜ぶ性癖もない。

そもそも、この鷹耶理衣奈と奈楽香の双子がここにいるのは――

雪月と風華、双子が家の事情を巡って争い、それが落ち着いた直後に鷹耶たちが突然現れたのが発端だ。

そうだ、あのときのことを――まずは思い出してみよう。

1　双子は家出娘を受け入れたいらしい

「お願い！　アタシとこの子をユヅのオマケってことで――ユヅたちの家に住ませて！」

「おけ」

「あり」

「あっさり話が通りすぎだろ！」

いや、実際は鷹《たか》耶《や》理《り》衣《い》奈《な》のお願いから「おけ」の前まで多少のやり取りはあったものの――

最終的には雪月《ゆづき》の「おけ」、鷹耶の「あり」で話がまとまってしまった。

陽キャの二人、重要なことをひらがな二つで決めるとか軽すぎだろう。

鷹耶姉妹は雪月と風華《ふうか》の実家を訪ねてきたが、翼沙《つばさ》家でいつまでも込み入った話をしているわけにもいかなかった。

とりあえず、俺と翼沙姉妹、それに鷹耶姉妹の五人で我が家へと戻ってきた。

もちろん、我が家というのは俺の実家のしがない町中華のことではなく、タワーマンション〝グランリヴェーシア詠浜《よみはま》〟のことだ。

四十階建てのミドルクラスのタワーマンション――らしい。

もう住み慣れたが、未だに分不相応な贅沢すぎる家だとは思っている。

「雪月は物わかりがよすぎて、周りで話を聞いてるほうは逆に物事がわからなくなる」

「あれ、あたしってそんなん？」

「そこがゆづ姉《ねえ》の良いところですよ」

雪月と風華がのんびりした会話をしているのはともかく。

「なあ、鷹耶」

「ん？」

俺と翼沙姉妹が並んでソファに座り、鷹耶姉妹がテーブルを挟んだ正面のソファに座っている。

ちなみに双子メイドは遠慮したのか、リビング隣のダイニングで控えている。

「鷹耶、できればもうちょっと、詳しい話を聞かせてほしい」

「ああ、それはそうね。アタシもノリで生きてるところあるから」

鷹耶は派手な見た目に反して生真面目だと思っていたが、それでも陽キャ。

コワモテなだけで、実は陰気な俺には理解の及ばないところがあるようだ。

「実はアタシと奈楽香、家出してきたんだよね」

「い、家出……!?」

さらっと、とんでもないワードを口走ってくれたな。

陽キャは軽いお出かけ感覚で家出するのかもしれないが、俺にとっては衝撃的な話だ。

「しかも、妹さんを連れてか？」

「どちらかというと、妹のほうが家を出る理由があるのよね」

「……複雑そうだな」

鷹耶はさらっと言っているが、他人が首を突っ込んでいいのか悩む話だ。

この鷹耶姉妹には二人とも家を飛び出すほどの理由があるということなのだから。

その妹のほうは、ほとんど口を利いていない。

フードをずっとかぶっているせいで、未だにまともに顔も見ていない。

鷹耶の双子の妹で、一人称が〝ぼく〟というくらいしか情報がない。

ただ、顔は見えなくてもこの姉妹は容姿が大きく異なっているのは明らかだ。

「鷹耶、おまえと妹さん……双子って言ってたが、二卵性か？」

「見てのとおりよ。顔も全然似てないのよね」

「なるほど……」

妹のほうの顔は見えないが、身長は鷹耶のほうが高く、胸は妹のほうが明らかに大きい。

全体に鷹耶のほうがすらりとしていて、妹のほうが太ってはいないが肉づきが良い感じだ。

「いや、とにかく姉妹なんだな。姉妹揃って家出っていうのは穏やかじゃないが……」

「要するに、アタシも妹も親とケンカしてきたんだよね」

「まあ、そうだろうな」

親とは円満な関係を築いているけど家出してきました、なんて珍しいだろう。

祖父母や兄弟など、他にも家族がいて、そっちと折り合いが悪いって可能性もあるが、親との問題を抱えているケースが大半だろう。

「実はあたしが前にリィに言ったのよね。もしガチで困ってるなら、ウチにおいでって」

「雪月が？　おいおい、そんな軽く家出をすすめるなよ……」

人様の家の揉め事に首を突っ込んで、なにかあったら雪月にも責任は取れないだろう。

「でも、リィん家《ち》って割と放任らしくて。家を出ても問題ないかと思ったのよ」

「鷹耶の家も放任？　放任の家庭、多くないか？」

俺の家もまさにそうだし、翼沙家も娘二人をマンションで生活させているのだから、厳しく管理下に置いているとは言えない。

「だから本当に困ったら妹さん連れて、ウチに来たらって」

「うーん、雪月のオマケで鷹耶がここに来て、その鷹耶のオマケで……」

俺は、ちらっと鷹耶の妹さんのほうを見る。

「ひっ……！」

わかりやすく怖がられてしまった。

おお、最近は雪月も風華も双子メイドも、身近な人間が俺のツラを怖がらないから。

むしろ、俺にビビってるこの反応を新鮮に感じてしまったな。

「ごめんね、真樹《まさき》くん。ウチの妹、ちょっと気が弱いところがあって」

「鷹耶の双子の妹とは思えないな」

「はは、まったくよね」

俺の失礼な物言いも、鷹耶は笑い飛ばしてくれる。

姉のほうはすっかり俺の怖いツラにも慣れたようだ。

「す、すみません。ご無礼をいたしまして……」

妹のほうがぺこぺこと頭を下げてくる。しまった、マジでビビらせたか。

「気にするな。俺のツラは、怖がらないほうが不思議なくらいなんだ。存分に怖がってくれ」

「や、優しい……」

「ヤバい、我が妹ながらこの子、チョロいかも」

いや、このくらいで慣れるほど俺のツラは生易しいものじゃない。

妹さんは意外に肝が据わっているようだ。

「ねえ、真樹、いいでしょ？　リィと妹ちゃんをウチに置いても」

「うーん、雪月、最後まで責任持てるのか？　鷹耶姉妹は生き物なんだぞ」

「ちょっと真樹くん、捨て猫拾ってきたみたいな話しないでくれる？」

「冗談だ」

俺はコワモテなせいか、無口で冗談が通じないように見られがちだが、このくらいの軽口は叩ける。

もちろん、俺が顔ほど怖くないことを知っている相手に限定されるが。

「ですが、家出の理由はわたしも気になりますね」

「珍しいな、風華。人のことに口出しするの、初めて見たかもしれない」

「わたしは好奇心が強いほうなんですよ。野次馬根性みたいでお恥ずかしいですけど」

「いいえ、事情を知りたいのは当然ね。アタシたちも、なにも説明せずにここに置いてほしいなんて言わないから」

鷹耶は風華に向かって苦笑してみせている。

「それに複雑な理由でもないし。真樹くん、アタシがダンスしてるの、知ってたっけ？」

「ああ、雪月から聞いたな」

以前、俺が雪月と一緒に女子更衣室に忍び込んでしまったときに、鷹耶が踊っていたところを見たことがある。

女子更衣室に忍び込んだ件は不可抗力で、鷹耶にも許してもらったのでいいとして――

鷹耶の踊りは、素人目《しろうとめ》で見てもきちんとレッスンを受けていることがわかるくらい、芯の通った上手さがあるダンスだった。

「アタシ、ダンスはガチなんだよ。夏休みになってから、ダンススクール通って、スクールがない日は公園で踊って、家でもずっと踊ってたら母親がキレちゃってさ」

「うーん。そういう話だと、親御さんの気持ちもわからんでもないぞ」

鷹耶は俺と同じで高校二年生。

必死に受験勉強を始めてもおかしくない時期だし、娘が朝から晩までダンスばかりしていたら、親は不安になるだろう。

「でもアタシは本気。プロになれるかなんてわかんないけど、挑戦してみたいと思ってる」

「そうか……」

鷹耶の目は真剣で、ただ漠然とした夢を語っているわけでもなさそうだ。

それに、鷹耶のあのキレのあるステップは本気で取り組んでいないとできない。

俺に鷹耶の気持ちを疑う理由はなにもないが……。

「本気だからこそ、親にも理解してもらわないといけないんじゃないか？」

「……真樹くん、なんか実感こもってない？」

「まあ、多少な」

翼沙家は、双子のうちの一人を家が決めた相手と結婚させるつもりだ。

だが俺はもちろん、雪月も風華も他の男との結婚など毛ほども考えていない。

雪月と風華をさらって駆け落ちしようとも思っていない。

なんとしてでも、俺と双子たちとの関係を翼沙家に納得させるつもりだ。

あるいは、俺が雪月と風華の二人と一緒になる、という話は駆け落ち以上に非現実的な話なのだろうが――

俺はあきらめずに、雪月と風華とともに生きていくつもりだ。

そのためには、翼沙家のご両親を納得させなければならない。

親と揉めているという話を聞けば、他人事《ひとごと》のようには思えない。

「深くは突っ込まないいけど、それならそっちもわかるんじゃない？　どんだけ言っても理解してもらえないってこともあるから」

「……鷹耶は、やるだけやってきたってわけだな」

鷹耶理衣奈はストレートな性格だ。

親とも正面からぶつかってきたんだろう。

だが、相手は親――それこそ正面からぶつかったら勝ち目はない。

「家出なんて間違ってるってことはアタシもわかってるよ。まだ親に養われてる身なんだしね。でも、他に手がなくてさ。とりあえず、やれることは試してみようって」

「ふむ……」

俺の場合、正確には雪月たちの親ではなく、翼沙家を代表して現れた永見夜琉《ながみよる》を相手にしている。

夜琉は翼沙家のメイドだが、雪月たちにとっては姉のような存在らしい。

限りなく肉親に近いと言ってもよさそうで、夜琉は双子のどちらかを翼沙家のために誰かと結婚させようと考えている。

俺は社会的に言えば、雪月や風華とはただのクラスメイト。

両親の代理である夜琉との戦いに、今のところ勝ち目は見えていない。

肉親との戦いの分《ぶ》の悪さを、俺はよくわかってる。

だからこそ、圧倒的に不利な立場から家族とぶつかっている鷹耶に肩入れしたくなってしまう。

「真樹、リィはガチなんだし、いいんじゃない？　家出なんてみんな一度はするもんだし」

「しねぇよ」

「真樹も家出してるようなもんでしょ？」

「俺は一応、親の許可もらってるからな？」

特に父親のほうはラーメンのことと、娘の若葉《わかば》のことしか考えてないので、許可というより放置に近いが。

だが、俺も雪月と風華のことは真剣だからこそ、家を出てここにいる。

最初は流されて同居を始めたのだが、今はきちんとした覚悟がある。

そして、強い覚悟があるのは鷹耶も同じ――

「そこまではわかった。でも、鷹耶」

「なに？」

「そっちの妹さんのほうは？　妹さんのほうが家出する理由があるとか言ってたが」

「あ、ちゃんと自己紹介もしてなかったね。奈楽香《ならか》、ほら」

鷹耶の妹は、姉の横で身を縮めるようにして座っていた。

その妹は、姉に引っ張られて身を乗り出してくる。

たゆんっ、とパーカーの胸元を押し上げている二つのふくらみが弾むようにして揺れた。

姉のほうはほっそりしていて、胸もあまり大きくないが、妹はかなりのサイズだ。

90センチGカップを誇る翼沙姉妹を上回っているのは間違いない。

HとかIカップなのか……そんなサイズが実在するんだろうか。

「あ、あの……」

その大きすぎる胸の彼女は、おずおずと口を開いた。

「鷹耶奈楽香……です。えっと……い、一応、秀華《しゅうか》女子です……」

「シュージョ？」

「わたしが前に通っていた学校ですね」

俺の隣で、風華が小さく首を傾げている。

風華は姉や俺と同じ学校に通うために、ついこの前転校してきたのだ。

俺たちの学校からあまり遠くない場所にある秀華女子は名門のお嬢様学校で、白いセーラー服で有名だ。

「あれ？　でも奈楽香さん、学校でお見かけしたことがないような？」

「はい、そうだと思います。ぼく、不登校なので」

「………」

ふ、不登校……？

オドオドしてる割に、凄いことをさらっと言うんだな。

「ああ、不登校だったのですか。道理で。わたし、秀華ではだいたいの生徒のみなさんの顔は存じ上げていたので」

「いや、もうちょっと気を遣ったほうがいいんじゃないか、風華？」

「え？」

「その……本人の前でなんだが、不登校とかいうワードを使うのはちょっと」

決して穏やかなワードとは言えない。

もし俺の妹の若葉が不登校になったら、家族一同大騒ぎになって、俺もなんとか妹を翻意させようとするだろう。

「あ、大丈夫です。ぼく、堂々と不登校してるので……」

「それもどうなんだ？」

「よかったです、わたしが余計なことを口走ったんじゃなくて」

風華はほっとしたようだ。

良くも悪くも風華はマイペースなので、不穏なワードにも動じない。

「えっとぉ……ぼくはお姉ちゃんのオマケなので。というか、たいした理由もない引きこもりの不登校なので。お姉ちゃんのことだけを考えてあげてもらえたら……」

「……だそうだが、本当か、鷹耶？」

「もう、この子は……」

鷹耶は呆れつつも、妹に強く言うつもりはないようだ。

俺としても、この気弱そうな女の子に根掘り葉掘り事情を聞き出すようなマネはできそうにない。

本人がなんと言おうが、引きこもりの不登校は大問題だ。

だからこそ、無闇に掘り返せない。

双子姉妹揃っての家出というだけでも、かなり厄介そうなのに。

俺たち、思った以上の大きなトラブルに巻き込まれたんじゃないか？


「今日のカレー美味しいわね。実家ではあまり食べなかったけど、家庭風のカレーもいいじゃない」

「ナンで食べる本場のカレーはたまに食べてましたけど、野菜ゴロゴロ、普通のライスで食べるのも美味しいです」

雪月と風華は、ニコニコと嬉しそうに笑いながらスプーンを動かしている。

「お嬢様たちの舌に合うように調整してみました。甘すぎず、辛すぎずです」

『作りたてでありながら、一晩寝かせたカレーのような熟した味です」

亜沙《あさ》と優羽《ゆう》のメイドたちは食卓にはつかず、テーブルのそばに控えている。

たまにメイドたちも一緒に食事を取るのだが、今日は鷹耶たちがいるので遠慮しているんだろう。

「ユヅ、あんた毎日こんな美味しいご飯食べてたの？　お金持ちなのは知ってたけど、なんかズルいなあ」

「お姉ちゃん、今日は珍しくたくさん食べるね……」

「ダンサーたる者、身体絞らないといけないからね。でも、これは食べすぎちゃう」

「一日くらい食べてもいいでしょ。リィ、どんどん食べて」

「やめてー、ユヅ。アタシを堕落させないで」

「…………」

雪月と鷹耶が明るく笑い合っている。

しかし、この家もずいぶんとにぎやかになったな。

俺と雪月、風華の三人だけでも充分に騒がしかったのに。

メイドの亜沙と優羽、さらに鷹耶理衣奈と鷹耶奈楽香。

六人の女子に加えて俺――リビングも広いから、窮屈さはまったくないが、にぎやかさは一般住宅とは思えないほどだ。

今日のカレーづくりは双子メイドだけでなく、雪月と風華も手伝ったらしい。

俺は一応、味自慢の町中華のセガレなので、これでも舌は肥えている。

家事のプロである亜沙と優羽はもちろん、雪月と風華も料理の腕はそこらの本職に負けていないと言っていい。

「まあ、このカレーはマジで美味いな。いくらでも食えそうだ」

「あ、真樹さん、二杯目はコロッケのトッピングどうですか？　トッピングのほうはわたしとゆづ姉がメインでつくったんですよ」

「ああ、美味そうだな。それをもらうか」

風華がおかわりのカレーをよそい、大皿に積まれていたコロッケを一つ載せてくれる。

コロッケや焼いたチキン、スクランブルエッグなどトッピングも用意していて、至れり尽くせりだ。

「それにしても、この家は手が込んだご飯つくってるのね」

鷹耶も翼沙家の豊富なメニューに驚いているようだ。

「普段はもっと軽いことも多いわよ。ただ、今は料理できる人間が四人もいるから」

「アタシは料理全然ダメだなあ。親に反発してみせたって、料理の一つもできないんじゃ情けないよね」

「お、お姉ちゃんはまだいいよ……ぼく、買い物にも行けないし」

「ん？　買い物に行けない？」

つい、姉妹の話に口を挟んでしまう。

「ぼく、不登校な上に引きこもりで、社会不適合者だから……略して社不《しゃふ》」

「略さなくていい」

妹さんのほうは控えめな割に、自己評価に関してはかなり言葉を選ばないらしい。

「待て、もしかしてそのあたりが家出の原因なのか？」

「そうとも言えるし、そうじゃないとも言えるかな。難しいのよ、奈楽香は」

「む、難しくはないよ、お姉ちゃん。ぼくがただ人として終わってるだけで……」

「終わってる……？」

自己評価が低いというより最低レベルのようだ。

このキラキラした陽キャである鷹耶の双子の妹とは思えない。

「無理に事情は訊かないが……なんだ、妹さんに自信を持たせればいいのか？」

「妹さんじゃなくて、奈楽香でいいよ」

「鷹耶が言うのかよ」

思わずツッコんだが、その妹――奈楽香のほうはこくこくと頷いている。

どうやら姉のほうは苗字呼び、妹のほうは名前で呼び捨てていいようだ。

「まあ、二人とも鷹耶だもんな……妹さんのほうは〝奈楽香〟って呼ばせてもらう。雪月、風華、それでいいか？」

「あたしらに訊くの？　いいに決まってるでしょ」

「わたしも全然気にしません」

カノジョである双子美少女もこくこくと頷いている。

俺にとって雪月と風華はカノジョなのだから、他の女子を呼び捨てにするとなれば彼女たちの許可をもらうのは当然だ。

「お、男の人に呼び捨てにされるの初めてだよ……」

「え？　ああ、それならさん付けとかしたほうがいいか？」

「むしろ、男の人に名前を呼ばれるのが初めてのレベルかも……いつも〝おい〟とか〝おまえ〟とか〝クソ生意気な女の妹〟としか呼ばれなかったから」

「さりげなく姉をディスってないか？」

奈楽香の発言はいちいちツッコミどころが多くないだろうか。

鷹耶は気にしていないようで、平然とカレーを食っている。

とりあえず妹のほうは呼び捨てで問題ないようだ。

そんな話をしながらカレーを食べ終わり、メイドたちが食後のお茶を置いてキッチンに食器を洗いに行ってしまうと――

「さすがにもう少し話を聞かせてくれ。鷹耶、おまえはどうしたいんだ？　今は夏休みだからいいが、ずっとこの家にいるわけにもいかないだろ？」

俺が言うと、鷹耶はこくりと頷いた。

「もちろん、ずっとお世話になるとは言わない。今月、舞台のオーディションがあるのよ」

「オーディション？」

「そんなに大きな舞台じゃないけど、アタシはダンサーとしてスタートラインに立ちたいの。そのオーディションが終わるまで、親に邪魔されないようにここに住ませてほしいのよ」

「なるほど、期限はあるのか……」

今は夏休み中だし、鷹耶が翼沙家に泊まり込むこと自体は問題ない。

雪月は鷹耶と奈楽香の二人を自分の部屋に置くつもりのようだ。

まあ、部屋割りはそれしかないだろう。

いかにも人見知りっぽい奈楽香は、姉と同じ部屋じゃないと眠れなさそうだ。

雪月と鷹耶、風華と奈楽香という部屋割りにするわけにもいかない。

もちろん、俺の部屋に鷹耶姉妹を置くのは論外だ。

雪月の部屋だけ狭くなるのは悪い気もするが、リビングで寝かすのも気が引ける。

実は隣の部屋も翼沙家所有の物件なのだが、あくまで雪月たちの家はこの部屋だ。

雪月たちが鷹耶たちを預かる以上、この部屋に住んでもらうのが筋だろう。

「リィ、頑張ってきたもんね。リィなら絶対受かるよ。だから、それまでウチで好きにくつろいでいいから」

「奈楽香さんも、お好きにどうぞ。わたしたちは特に気にしませんし、ご要望があればたいていのことはなんでもしますよ」

「ここは翼沙家だからな。二人がＯＫなら俺は文句ない」

俺も雪月たち、それに鷹耶たちに頷いてみせる。

「それにオーディションか。うん、それは燃えるな。楽しそうだ」

「お、真樹くん、わかる？　オーディション、メチャメチャ不安だけど、楽しみでもあるんだよね」

鷹耶は立ち上がり、ぐっと拳を握って高く掲げた。

親の反対を押し切って家出してくるくらいだから、やる気満々なのはわかっていたが――

「わかった、俺も応援しよう。いや、俺はメシもつくれないし、鷹耶たちの世話もできないが、できることがあったら協力するぞ」

「う、うん……真樹くんにもお願いすること、あるかもね……」

「ぼ、ぼくもあるかも……」

「…………？」

なんだ、なにか男手が必要なことでもあるのだろうか？

言いにくそうにしているのが、若干気になるが……。

まあなんにしても、雪月の親友とその妹さんなんだから、協力を惜しむ理由はない。

せいぜい、奈楽香を怖がらせないようにしながら、やれることをやるか。

夜の十時――

今夜は、さすがに風呂は一人で済ませてきた。

鷹耶と奈楽香もいるのに、雪月や風華と一緒に入るというわけにはいかない。

この前、翼沙家で双子姉妹と一緒に入浴したが、このマンションの風呂は三人で入るには手狭なのもある。

「おっ、風華。先に風呂、もらったぞ」

「はい、わたしはあとで入りますね」

タオルで髪を拭きながらリビングに戻ると、ソファに風華が座っていた。

小型のタブレットを手に、なにか読んでいるようだった。

「珍しいな。動画でも観てるのか？」

「いえ、小説です。電子書籍で読んでるんですよ。紙の本が好きなんですが、ほとんど実家に置いてきたもので……」

「ああ、あの翼沙家なら本なんていくらでも置けそうだけど、ここはな……」

このタワマンの部屋も充分広いが、翼沙家と比べればずっと狭い。

「ふふ、実家には書庫までありましたからね」

「書庫!?」

翼沙家が並外れた金持ちなのはわかっていたが、本を置くだけの部屋――いや、倉庫まであるとは思わなかった。

「ちなみになにを読んでるか訊いていいか？」

「あ、恋愛ものです。最近続けてヒット作を出してる作家さんの小説で。凄く初々しい恋愛を書いてるんですが、たまに倒錯したえっちな描写が出てきてドギモを抜いてくるんです」

「ドギモを……」

基本的に風華は言葉遣いも上品なのに、たまに変なワードが出てくるな。

風華はタブレットの画面を見せてきたが、その小説のタイトルは見覚えがない。

「真樹さんは小説は読まれますか？」

「まったく読まないってことはないが……年に十冊くらいだな。ウチの店、たまに読み終わった本を置いていく客がいるんで、それをもらって読んだりとかな」

雑誌か漫画を置いていく客が多いが、稀《まれ》に小説も放置されている。

ウチの家族は俺以外は誰も小説は読まないので、自動的に俺に回ってくるわけだ。

「恋愛ものはほとんどないけどな。ミステリーとか時代小説とかが多い」

ラーメン屋〝真竜〟の客はおっさんが多いからな。いや、おっさんだって恋愛小説を読むだろうが、ウチの客層は恋愛ものから遠い人たちなんだよ。

「俺は電子で本読まないんだよなあ。そんな話してたら、本を読みたくなってきたかも。風華、紙の本はまったく持ってないか？」

「亜沙さんと優羽さんは読みますよ。時々、休憩中に文庫本を広げてます。なにを読んでいるのかは、いつもブックカバーをつけているので謎に包まれていますけど」

「謎に……」

あのクールすぎる双子メイドは謎だらけだ。

いや、本人たちに言わせれば「謎なんてありません。知りたいことはなんでもお話しします」とか言いそうだが。

「その亜沙と優羽はどうした？」

「明日の朝食の仕込みも終わったとかで、お隣に戻ってます。呼べばすぐに来ますよ」

「そんなことで呼びつけるのは悪いな。こっちからお隣行くか」

雪月たち姉妹の隣の部屋は、翼沙家が押さえている。

亜沙と優羽は、そのお隣の部屋で寝泊まりしているのだ。

俺もほんの数日だけ住んだことがあるが、どの部屋もがらんとしていて生活感がまるでなかった。

本棚なんてあったかな……まあ、読書欲が湧いてきたことだし、訊くだけ訊いてみよう。

風華もこれから風呂に入るそうなので、俺は一人で部屋を出た。

すると――

「おっ……」

廊下に人影があった。

翼沙家があるタワマンは立派な建物で、廊下もかなり広い。

いわゆる〝内廊下〟というヤツで、建物の内部の通路で外と接していない。

その廊下で――鷹耶理衣奈が踊っていた。

ワイヤレスイヤホンで音楽を聴きながら軽やかに舞い、跳び、鮮やかにポーズをキメている。

素人目にも飛び抜けているとわかる、滑《なめ》らかな動きだった。

まるで重力や摩擦を無視したようなダンスで、物理法則が変わったのかと思うくらいだ。

「すげーな……」

「あっ……！」

俺が思わずつぶやいたのと同時に、鷹耶はピタリと動きを止めた。

「ごめん、真樹くん。音聞こえなくて、今気づいた。邪魔だった？」

「いや、俺こそ邪魔をして悪いな。本当にすまない」

鷹耶は黒を基調として胸元が開いてヘソも出している上着に、セパレートになっているカーゴパンツという格好だった。

黒髪ショートカットの鷹耶には、スポーティな服装もよく似合う。

胸の谷間やきゅっとくびれた細い腰が見えていて、カーゴパンツからちらっとヒモタイプの下着も覗いていて――って、なにを見てるんだ俺は。

ヨコシマな目で見るのは、真面目に練習している鷹耶に失礼だろう。

「でも、なんでこんなトコで踊ってるんだ？」

「けっこう跳んだり跳ねたりするからさ。下の部屋に響くかもしれないから。ユヅが廊下なら好きに踊っていいっていうからさ」

「ふぅん、廊下なら下に響かないんだろうか？」

あまり気にしたこともなかったが、雪月が言うならそのとおりなのだろう。

まあ、このタワマンなら騒音対策もある程度できてるんだろうしな。

「ん？　お隣の部屋なら、踊れるスペースくらいあるだろ？　騒音のことより、この狭さじゃ踊りにくくないか？」

隣のがらんとした部屋は、少なくともこの廊下よりはダンスの練習がしやすそうに思えるが。

「メイドさんたちの部屋でドタバタするのも悪いしね。廊下で上等だよ、上等。踊れるだけでありがたいね」

「……親御さんが反対してるから、家じゃ練習できなかったのか」

「賛成してても無理だね。ウチのマンション、ぴょんぴょん跳ねてたらすぐに下の住人が怒鳴り込んでくるよ」

「ま、それが普通だな」

ウチは一軒家で、一階が店舗と両親の部屋、二階が俺と妹の若葉の部屋になっている。

集合住宅じゃなくても、二階で暴れていたら下に響くのはよくわかってる。

「ああ、換気はされてるみたいだけど冷房は利いてないのかな。ガチであっつい……」

「…………」

鷹耶は、上着をぺろっとめくってそこに風を入れている。

めくった上着の下、ほどよく盛り上がった胸の下乳がちらっと見えて……。

「……あんまジロジロ見られると恥ずい」

「わ、悪い。そんなつもりじゃなかったんだが」

俺は慌てて、鷹耶に謝る。

最近は雪月と風華、亜沙と優羽と、どれだけ見られてもOK――それどころか、見せつけてくる双子二組と一緒だからな。

無意識に、遠慮せず女子を見てしまうクセができたのかもしれない。

失礼だし、社会的にも危険なことになりそうなのであらためないと。

「ま、別にいいんだけどね。むしろダンサーは見られてナンボだから」

「だからって、変な目で見ちゃダメだろ」

「え？　ううん、別に？」

鷹耶はきょとんとして首を傾げる。

「ダンスなんて男女問わずに、エロいところあるもんだよ。そういうの期待されてるし。だいたい、色気がないダンスなんて退屈でしょ？」

「そういうもんかな……」

俺はダンスなんてTVで多少見たことがある程度だ。

だが、確かに――女性ダンサーの動きには色香のようなものが滲んでいた気がする。

「鷹耶のダンスは、なんというか……そうだな、キビキビしてて健康的な感じだな」

「…………」

「ん？　俺、変なこと言ったか？」

鷹耶がわかりやすく複雑そうな表情をした。

薄く笑っているような、苦みが出ているような――

「ううん、的確な表現だと思う。そうだよね、ダンスに詳しくない真樹くんが見たってそう思うよね……」

「おい、俺やっぱりなんか変なこと言ったんだろ？　悪い、気にしないでくれ。たいして考えもせずに言っちまったんだ」

「いいって、気にしなくて」

鷹耶は今度ははっきりと笑って――

「アタシのことはいいの。それより、奈楽香のこと気にかけてやってくれる？」

「気にかけろ？　なんか曖昧な頼み方じゃないか？」

「あ、ごめん。確かにそうね。ただ、アタシも奈楽香にはどうしたらいいかわかんなくて」

鷹耶は、こめかみに手を当てて悩むような顔をした。

「妹の――しかも双子の妹のことなのにね。情けないなあ、アタシ」

「たぶん、ダンスのことで頭がいっぱいだからじゃないか？」

「真樹くん、ズバズバ言うね。でも、そのとおりだよ。たぶん、家出した理由の半分くらいは、アタシじゃ奈楽香になにもしてあげられないからなのよね」

「そうは言っても、姉の鷹耶がなにもできないんじゃ……」

俺なんかは、妹さんとはほとんど縁もゆかりもないと言ってもいい。

「雪月や風華だって、初めて会った女の子にしてやれることは……そんなにないだろ？」

「はっきり言うと、アタシが期待してるのは真樹くんなんだよね」

「は？　俺？」

たった今、縁もゆかりもないと思ったばかりなのに、なにを言われてるんだ？

「俺なんか、もっとなにもできねぇよ。奈楽香は鷹耶にずいぶん懐いてるみたいだし、おまえが面倒を見るのが一番いいんじゃないか？」

「昔から、アタシにべったりではあったね、奈楽香は。どこに行くにもついてきてたし、双子なのに妹感《いもうとかん》強めっていうか」

「妹感か……」

妙な造語だが、意味がわからなくもない。

あの気弱そうな妹は、姉が決めたことなら逆らわない気がする。

「そういや、なんか新鮮だな。雪月と風華は対等だし、亜沙と優羽も姉とか妹とかまるで気にした様子もないから」

「あー、双子なんてどこもそんなもんでしょ。ウチが特殊なだけよ」

「かもな。おっと、話を逸らしちまったな。俺にどうしろって？」

俺があらためて訊くと、鷹耶は俺を品定めでもしてるかのような目を向けてきた。

「一人だけでも難しいユヅと付き合って、その双子の妹さんと同時に付き合ってる。しかも、今は双子のメイドさんもいるとか……マルチタスクこなしすぎじゃない？」

「俺はなにもしてないぞ。むしろ雪月と風華、亜沙と優羽に世話になりっぱなしだ」

「それは物理的な話でしょ。生活の世話をしてもらって、あとは……そ、その、エッチなことか」

「……俺、すっごいクズだな」

「それ以上のものを返してるなら、クズどころかヒーローだよ」

「ヒ、ヒーロー？」

「うっ、今のは口が滑った。ヒーローはないよね、ヒーローは」

気づいてくれてよかった、俺はヒーローなんてガラじゃないどころか真逆と言っていい。

ツラを見れば、完全にヴィランだもんな……。

「あ、あー……奈楽香はどうしてる？　そういえば、見かけなかったな」

「えーと、今はお隣に行ってるよ。空き部屋が一つあるらしいから、そこを使わせてもらいたいって」

「なんだ、奈楽香は結局隣の部屋に住むのか？」

「うん、やっぱユヅの部屋にアタシと二人でお世話になるのはさすがに狭いから、一人でそっちで寝起きするつもりみたい」

「ふぅーん……」

奈楽香は姉と一緒のほうがいいのかと勝手に思っていたが、一人でも平気らしい。

有能なメイド二人もそばにいるし、生活に支障はないだろう。

「そうだ、俺も隣に用があるんだった」

「あ、そうだったんだ。邪魔してごめん」

「こっちこそ邪魔したな。さっさと用事を済ませてこよう」

俺は鷹耶に手を挙げて、隣の部屋の鍵を開けて入る。

一応、双子メイドたちから隣の部屋の合鍵ももらっているのだ。

しかし、鷹耶とは普通に話せるようになったな……雪月たちと付き合い始める前はろくに話したこともなかったのに。

俺、この凶悪なツラのせいでずっと孤立してたのに、雪月に告った日から確実に人付き合いが増えてるな。

きっとそれは俺の人生にとって、いいことなんだろう。

「えーと、亜沙か優羽は……」

お隣に入り、リビングに行ってみたがキッチンとダイニングも含めて誰もいなかった。

双子メイドも奈楽香も、自室にいるのだろうか。

「メイドのどっちでもいいが……優羽に訊いてみるか」

亜沙と優羽の区別はつくようになっているが、最初に区別できたのが妹の優羽だ。

姉と妹で差別もしないが、優羽に頼めばいいだろう。

三つある部屋には、特にネームプレートなどもかかっていない。

一応、隣に住んでいたときに、どちらが優羽の部屋なのか聞いている。

「なあ、優羽――」

ドアをノックしようとしたその瞬間。

近くのドアがガチャリと開いた。

亜沙の部屋でも奈楽香の部屋でもない――そこは、洗面所と脱衣所、バスルームのある部屋のドアだった。

「あ……」

「えっ、え……？」

黒髪のボブカット、ほっそりとした身体付き、それに白すぎるほどの肌――

そして、信じられないほどの大きな胸のふくらみ。

その頂点の、やや陥没したピンク色の乳首。

「ま、真樹央《なかば》さん……」

彼女の唇から、弱々しい声が漏れ出た。

言うまでもなく、鷹耶奈楽香だった――

顔は整っていて、やや垂れ目なところに気の弱さがよく出ている。

キツめの印象の姉とはまるで違うようにも見える。

「す、すみません。こんな格好で」

奈楽香は、手に持ったタオルを身体の前に当ててはいるが、胸もお腹もその下もほとんど丸見えになっている。

「ぼ、ぼく、ちょっと失礼するね……」

「……ああ」

奈楽香はトトトッと歩いて、すぐ近くの部屋のドアを開けて中に入っていった。

タオルで隠しきれない大きな胸が、歩いたはずみでぷるるっと揺れていた。

雪月と風華は90センチGカップ、亜沙と優羽は88センチのFカップ。

奈楽香の胸は翼沙姉妹より、やや大きく見えた。

もしかするとHカップとかなんだろうか……？

「……まだ顔も見たことなかったのに、いきなり全裸を見るとは」

「さすが真樹さま。今日初めて会った女子高生を丸裸にするとは」

「…………」

いつの間にか、俺の目の前のドアが開いていて銀髪のメイドがひょこっと顔を覗かせていた。

「俺が裸にしたわけじゃない。いや、急に入ってきたのは悪かったけどな」

「それは問題ありません。このメイド部屋は真樹さまの愛人宅のようなものです」

「人聞きの悪いことを！」

翼沙家の隣家は、知らぬ間にメイド部屋という名称がついていたらしい。

「そ、それより……悪いが、本を借りにきたんだ」

「真樹さまは動画ではなく、本派だったのですか。今時珍しい……」

「なんの話だ!?」

「そもそも、動画にも本にも頼る必要、一ミリもないのでは？　お嬢様たちと私たちの身体をいつでも使えるのですから」

「使うとか言うな！」

しかも、なんの話なのかはっきりしたじゃねぇか！

「そうじゃなくて、小説だ。風華が、亜沙と優羽なら持ってるんじゃないかって言うから」

「私たちは今年十八になりましたが、まだ年齢的に高校生なのでえっちな小説は……」

「ミステリーか時代ものは持ってるのか、持ってないのか？」

「……借りる側なのにずいぶん上からいらっしゃいますね」

「そこだけまともに返すなよ！」

このメイド、間違いなく俺には忠誠心は皆無だ。

いや、俺が雇ってるわけじゃないから無くても問題ないんだが。

「ではどうぞ。なにもない部屋ですが……」

「じゃあ、失礼する、優羽」

そう、ドアを開けて現れたメイドは妹の優羽のほうだった。

今は完全に双子の見分けがつくので間違いない。

「本当になにもないな」

ドアが大きく開き、室内に入らせてもらう。

ベッドが一つに机が一つで、がらんとしている。

かろうじて姿見があるのは、メイドとして服装には気をつけなければならないからか。

「小説でしたら、こちらです」

優羽はそう言って、部屋の隅にぽつんとあった小さな本棚を指差した。

「お屋敷から厳選して持ってきましたので、少ないですが」

「いや、充分だ。なにか借りてもいいか？」

「読みかけの本もありませんので、お好きにどうぞ」

俺は優羽に礼を言って、持っていく本を選ばせてもらう。

前に読んだミステリーの続編と、気になった時代小説を一冊ずつ借りることにする。

「じゃあ、これ借りていくな。俺、読むの遅いから時間かかると思う」

「…………」

「どうした？　早く返したほうがいいのか？　それなら急いで読んでみるが……」

「いえ、そうではなく」

優羽がふるふると首を横に振った。

「帰ろうとされているのが不思議で。奈楽香さまの全裸をご覧になりましたよね？」

「思い出させるなよ。忘れるのが礼儀だろ、ああいうのは」

とはいえ、あの推定Hカップの衝撃を忘れるのは簡単ではないが。

「奈楽香さま、お顔も高レベルですが、身体はもう反則です。あの恵体《けいたい》を見て昂《たか》ぶった性欲を私で鎮めなくていいのですか？」

「け、恵体ってなんだよ！　あのなあ、俺も常識くらいはあるんだよ！」

鷹耶姉妹は、クラスメイトとその妹で――妹のほうは今日会ったばかりだ。

そんな女の子たちがすぐ近くにいるのに、優羽の88センチのおっぱいでペニスを挟んでほしいなどと言えるはずもない。

以前、亜沙と優羽に柔らかな尻肉でペニスをこすってもらったこともあり、あの気持ちよさが忘れられないが、もう一度とは言い出せない。

「しばらくはおとなしくしてるから、優羽は無理しなくていい。亜沙にも伝えておいてくれ」

「私はまったく無理はしておりません。以前に夜琉《姉》にも言ったとおり、私と亜沙は真樹さまに手懐けられ、忠実なメイドとなりましたから」

「手懐けるって……優羽たちの忠誠心はだいぶ疑わしいがな」

この亜沙と優羽、永見姉妹は普段は無表情でわかりにくいが、俺で遊んでいる節《ふし》がある。

だが、双子メイドには何度も気持ちよくしてもらっているのだから、多少からかわれるくらいは受け入れよう。

「あ、あの……」

「ん？」

トントン、と遠慮がちなノックの音が聞こえて。

ドアが開かれ、すーっと顔を出したのは奈楽香だった。

もちろん全裸ではなく、ゆったりしたTシャツを着ている。裾の下はあらわな太ももしか見えないが、たぶん短パンなどをはいている……はず。

　奈楽香は、すすっと室内に入ってきて――

「あの、ぼくには遠慮せず……メ、メイドさんのえっちなご奉仕してもらってもいいよ？　むしろやってほし……じゃないけど、いつでもどうぞ」

「だそうですよ、真樹さま。亜沙も呼んで、二人でおしゃぶりかおっぱいかお尻か……なんでもご注文のコースに応えます。もちろん無料です」

「コースって言うな」

　メイドさんでコースを選ぶとか、もう専門店じゃねぇか。なんの専門店か知らんが。

「え、じゃあおっぱいコース、お願いできる……？」

「なんで奈楽香が注文するんだよ!?」

「では姉を呼びます。真樹さまは美少女が二人以上いないと興奮できない性癖ですので」

「初対面の女子になにを吹き込んでるんだ!?」

　しかもクラスメイトの妹で、この話が鷹耶に伝わる可能性もあるんだぞ。

「な、なるほど。じゃあ、ぼく一人の裸を見てもエレクトしないんだ……」

「えれくとってなんだ……？」

　下ネタみたいだが、俺はあまりスラングなんかは詳しくないからな。

　というか、さっきからツッコミが忙しすぎる。

「そうなんだ……惜しい……」

「惜しいってなにが……って、奈楽香、なんでPC持ってるんだ？」

奈楽香は部屋の隅っこにぺたりと座っていて、その前には小型のノートPCが置かれている。

「ううん、ちょっとしたメモをしてるだけ。気にしないで……」

「気にするわ。SNSになにか上げたりしないでくれよ？」

「そんな、SNSなんて陽キャのやるものを、ぼくみたいな引きこもり陰キャがやるはずが」

「今時、SNSくらい属性に関係なくやるだろ」

どうも、奈楽香は浮き世離れしている気がする。

不登校の引きこもりという話だから、それも無理ないか……。

「あら、奈楽香さま……それは？」

「な、なに、メイドの……亜沙さんか優羽さん」

「優羽さんです。それはどちらでもいいのですが、そのTシャツ大丈夫でしょうか？」

「ん？」

俺の背後にいる優羽が怪訝《けげん》そうな目を奈楽香に向けている。

白いTシャツはぶかぶかで、裾は長いが、別に変なところは――

「あ、あれ？　おい、奈楽香、それ……」

奈楽香のTシャツの胸のあたり――わずかにぽちっと盛り上がっているような？

「あ、うん。ノーブラ。家ではブラジャー着けないから……」

「めくらなくていい！」

ぐいっと思いのほか大きくTシャツがめくり上げられ、大迫力の胸が――下乳がかなり際どいところまで見えた。

さっき見てしまったピンク色の乳輪もかすかに――陥没乳首でも浮いて見えるのか。

「え、でも、こんなだらしないおっぱい見たってエレクトは……」

「エレクトの話はいい！」

文脈から意味が確定されたが、わからなかったことにしよう。

「いえ、だらしなくはございません。充分に張りがあり、綺麗なおっぱいかと」

「優羽も真面目に褒めなくていい――って、亜沙じゃないか」

「さすが真樹さま、さりげなく入れ替わったのですが、気づかれましたか」

「もうはっきり見分けがつくって言っただろ」

いつの間にか、銀髪メイドが二人に増えていた。

俺が奈楽香に気を取られている間に、亜沙も部屋に入ってきて、俺の背後で優羽と入れ替わっていたらしい。

優羽のほうは俺から離れた窓際に立っている。

ほぼ無表情だが、よく見ると「くすくす」と笑っているようにも思える。

この双子メイドは無表情でクールなくせに、意外といたずら好きなのだ。

「す、凄い、真樹央さん。こんなにそっくりなメイドさんたちの見分けがつくなんて……メモメモ」

「なんのためのメモなんだよ……」

それより、ノーブラをなんとかしてほしいが、メイド部屋は俺の家じゃない。

メイド部屋に住んでいる奈楽香がどんな格好をしてくつろごうが、自由ではある。

「ちょ、ちょっとぼく、部屋に戻る。朝まで出てこないから、よろしく」

「え？　お、おい」

奈楽香はノートPCを手に立ち上がると、ノーブラのHカップをゆさゆさ揺らして部屋を出て行った。

「な、なんなんだ？」

俺は思わず奈楽香を追いかけ、廊下まで出たが——奈楽香はそのまま振り返りもせずに、隣の部屋に入ってドアを閉めてしまった。

さすがに、部屋のドアを開けてまで彼女がなにをしているのか確かめる気にはなれない。

何度でも言うが、奈楽香は今日出会ったばかりの相手なのだ。

「鷹耶はいろいろわかりやすいヤツだが、妹のほうはつかみ所がないな。そういう意味じゃ、亜沙、優羽、おまえらにタイプが近——って、おい！」

ああ、もう今日はツッコミが止まらない日か？

振り返った先に亜沙と優羽がいるのは当然として——その亜沙と優羽の姿が一変していた。

「なんだその格好は……？」

「今は夏まっさかりですから」

「メイドにも衣替えは必要です」

亜沙と優羽が続けて答える。

さっきまでクラシックなメイド服姿だったはずなのに、今は――

銀髪にのせたカチューシャはそのまま、水着のような黒いブラに、ギリギリで下着が隠れる丈の黒いスカート。

肩やお腹、太もも、それに胸も半分以上丸見えになっている。

「真樹さま、これはメイドビキニというそうですよ」

「私たちも最近いろいろ調べて存在を知りました」

「「世の中には想像を絶するものが溢れているようです」」

亜沙と優羽はまたもや続けて言い、最後にぴったり声を揃えた。

「今夜は雪月お嬢様はご学友と通話中、風華お嬢様は読書中です」

「私たちがお相手を務めるのは当然のことです」

「奈楽香さまのあのようなお姿を見ては、真樹さまの欲望は治まりませんよね？」

「お嬢様たちのお楽しみを邪魔しないために、私たちの身体を使っていただくのは当然です」

「「正直、私たちも真樹さまのお相手をしたいのでさっさと押し倒してください」」

「お、おまえらなあ……」

綺麗すぎる銀髪の髪、無表情ながら整った顔立ち、ほとんどあらわになった白い肌。

これを目の前にして我慢できる男がいるだろうか――

「前の尻もよかったが、やはり胸だな……」

「「真樹さま?」」

俺は首を傾げる双子メイドの黒ビキニのブラジャーに触れ、ぐいっと片側だけズラした。

「「きゃんっ♡」」

無表情のまま、双子メイドが可愛い声を上げる。

ぷるんっと88センチの胸があらわになる。

亜沙の右胸、優羽の左胸、それぞれの可愛い乳首も丸見えになり——

「じゃあ、挟んでくれるか……?」

「いえ、挟ませてください、真樹さま……」

「双子メイドのおっぱいで、パイズリ楽しんでくださいね……」

「パ、パイズリって……」

まさにその行為を双子のカノジョたちにも双子のメイドたちにもやってもらってきた。

ただ、そのあからさまな単語を聞いたのは初めてかもしれない。

「我々はこれでも名門翼沙家のメイドですから。常に上品な言葉遣いを心得てきました」

「ですが、殿方はこういったワードに喜ばれることもあると思いまして」

「ま、まあ、呼び方はなんでもいいが……うっ!」

亜沙と優羽が俺のズボンからペニスを取り出して。

亜沙は自分の右胸、優羽が自分の左胸でそれを挟み、ズリズリとこすり始めた。

ぷにぷにと柔らかい双子メイドの胸の感触が伝わってくる。

「おお……一人の胸で挟んでもらうのとはまた違うな……」

「え、ええ……優羽の胸にも触れているのが……変な感じです……♡」

「亜沙の乳首が私の胸にも当たって……あんっ、真樹さまの……熱いです♡」

双子メイドは無表情でありながら、頬が赤く染まってきている。

「こ、こんなのもどうでしょうか……♡」

「こ、これ、くすぐったくて……♡」

亜沙と優羽は自分の剥き出しの胸を下から持ち上げるようにして、乳首の先端でペニスをこすっていく。

双子メイドの乳首だけがペニスに触れている——その奇妙な感覚もたまらなく気持ちいい。

乳首の先端でペニスを撫でるようにしてから、双子メイドはまた胸で挟み始めた。

「今度はおっぱいでこすって……いかがでしょうか？」

「やんっ、亜沙のも真樹さまのもおっきい♡」

さらに、双子メイドはお互いに向き合って胸を押しつけ合うようにして——

双子メイドの四つのおっぱいで俺のペニスを挟んでこすっている。

「う、うおっ……柔らかさが凄すぎる……！」

まだ双子メイドのビキニの上は、片側だけめくられただけだ。

もう片方は黒いビキニのブラに覆われたまま——それが逆にエロい。

その魅力的すぎる双子メイドの88センチおっぱいにペニスが包まれ、ズリズリと激しくこすられて――

「お、おいっ……亜沙、優羽、俺はもう……！」

「ま、まだ……もうちょっとです……」

「あなたの欲望をもっとたくさん搾り取らないといけません……」

ぎゅうっとさらに強く、双子メイドたちのおっぱいでペニスがこすられる。

ほとんど剥き出しの白い肌を見つめ、ぷるんぷるんと揺れるおっぱいの感触を楽しみ、クールでありながら甘さが滲む声を聞く。

カノジョがいる身で、こんな楽しみを味わっていいのか――

何度となく頭をよぎってきた疑問だが、雪月も風華も亜沙も優羽も俺が楽しむことをむしろ喜んでくれている。

この都合のよすぎる展開に疑問があっても、楽しんでしまう自分がいる。

「くっ……もうダメだ……！」

「は、はい、私たちはメイドです……なにをされても綺麗に後始末します♡」

「いつでもお好きなとき、好きなだけメイドの身体で楽しんで……どうぞ♡」

亜沙と優羽は自分の胸を左右から押し込むようにして、ぐっとペニスを包み込んで強くこすり上げ――

「亜沙、優羽っ……！」

俺はメイドたちの銀髪の頭に手を置き、こみ上げてきた欲望をそのまま吐き出すことにした。

まったくこらえることなどできず、解き放たれたそれは勢いよく飛んで――

「きゃっ……！」

「……え？」

真っ白になった頭に、小さな悲鳴が届いた。

今のは、聞き分けできないほどそっくりな双子の声ではない――

いや、もはやよく知っていると言っていい声だった。

それがわかっていながら、俺はすべてを吐き出してしまうと――

「た、鷹耶……？」

「あうう……」

鷹耶の整った顔に、ドロッとした液体がかかっている。

しかも美少女双子メイドのおっぱいでたっぷりこすられたのだから――当然ながらとんでもない量だ。

鷹耶は目にもかかってしまったらしく、片目を閉じて怯んだような顔をしている。

「わ、悪い！　まさかまた……！」

「ま、真樹くん……あんた、アタシの顔見たら……か、かけたくなるわけ!?」

「そんなわけないだろ！　こ、今回のは完全に不可抗力だ！　でもすまん！」

俺は慌ててティッシュを取ろうとして――

「大丈夫です、お掃除は」

「私たちの仕事ですから」

いつの間にか、亜沙と優羽が俺から離れて鷹耶のそばに立っていた。

鷹耶はさっきのヘソ出し練習着という格好のまま。

「きゃっ、ちょ、ちょっとメイドさんたち……！」

亜沙と優羽はその鷹耶の左右に寄り添い、ぺろぺろと顔にかかったドロドロを舐め取っている。

「気にしないでください。本当は私たちが飲むつもりでしたから」

「このドロドロの液体、私たちが全部綺麗にして差し上げますね」

「ま、前もユヅとフーカに舐められたんだけど！」

鷹耶は戸惑いつつも、されるがままだ。

双子美少女メイドに顔を舐められるダンス美少女――妙にエロい光景だった。

「も、もういいから！　ちょっと真樹くんに訊きたいことがあった――んだけど、そんな場合じゃなさそう……」

「わ、悪かったって。一度仕切り直そう。俺、隣の部屋に戻るから――」

「待って」

「え？」

俺がズボンに仕舞おうとすると、鷹耶が手を挙げて制してくる。

さすがに、カノジョでもメイドでもない鷹耶にこんなものを見られるのは恥ずかしいんだが。

「あ、あんなにドロドロのを……なのに、まだこんなに……」

「お、おい、鷹耶。そんなマジマジ見られたら……」

鷹耶は屈み込んで、俺のペニスを凝視している。

普通、こんなものを見たがらないだろう……いや、ギャルの鷹耶は見慣れているのか？

「ちょっと、アタシだってこんなの見たことないんだからね？　ま、真樹くんのしか見たことないんだから……」

「そ、そうなのか」

俺の心、読まれてるな。だが鷹耶の見た目で偏見を持っちまってたな。失礼だった。

「なんだかあざといですね、鷹耶さまは」

「意外に純なところがギャップあってポイント高いですね」

「…………」

ビキニメイド服の二人が、ぼそぼそと話している。

「あ、まだ……」

「鷹耶!?」

あれだけ鷹耶の顔に盛大にぶっかけたというのに、まだ残っていたものが溢れ出し——

「うっ……！」

なにを思ったのか、鷹耶はその先端をぱくっとくわえてきた。

そのまま、ちゅーっと吸い上げるようにして――

「うっ……こ、こんなちょっとこぼれたのを吸っただけなのに……苦い」

「…………」

俺は黙って、鷹耶の顔を見つめてしまう。

まさか、またもや顔にぶっかけただけでなく、いきなりくわえられるとは……。

もう既に四人の女子にくわえてもらったが、新たに五人目が出てくるとは夢にも思っていなかった。

「あっ……！　ご、ごめん！　今のはユヅとフーカには内緒で！」

「無理ですね。雪月お嬢様と風華お嬢様がご主人様ですので、今のはご報告いたします」

「忠誠心は法をも越えて優先されるものですので」

「うっ……そ、そうよね。いえ、アタシだって友達の彼氏のを……く、くわえ……ちゃったんだから、隠さずに謝る！」

「男らしい方ですね、鷹耶さまは」

「私たちがメイドでなかったら惚れてました」

「メイドってところが問題になるのか？」

さすがに俺も双子メイドにツッコミを入れざるをえなかった。

さっきから、状況がカオスすぎる。

「それじゃ、アタシは向こうの部屋に戻るから！　じゃあね、真樹くん！」

「あ、ああ……」

鷹耶は小走りにリビングを出て行った。

ただ――

「鷹耶さまのお口で、また元気になってしまわれましたね」

「これはもう、私たちメイドのお口を使うしかないですね」

「……来い、亜沙、優羽」

俺は優羽のベッドに座り、偉そうに亜沙と優羽を呼んだ。

「「は、はいっ♡」」

いつも無表情の亜沙と優羽がかすかに嬉しそうにして、俺の足元に跪《ひざまず》くようにした。

このメイドたちにとって主《あるじ》は雪月と風華――だが、俺にもまた忠誠を誓ってくれている。

どうやら双子メイドは主に命じられることがこの上ない喜びらしい。

「先っぽを失礼します……はむっ♡」

「私は根元から舌先で……ぺろっ♡」

亜沙がペニスの先端をくわえ、優羽が根元のあたりを舐めてくる。

そのまま、亜沙と優羽がそれぞれの役割を交代しつつ、くわえたり舐めたりしてペニスをさらに硬くしてくる。

うーん、鷹耶姉妹が転がり込んできてまた妙なことになってきた。

まさか、あの鷹耶理衣奈にまであんなことをしてもらえるとは思わなかった……。

鷹耶の口内のあたかかい感触が、よみがえってきてしまう。

俺が付き合っているのはあくまで雪月と風華、亜沙と優羽は主であるお嬢様二人のオマケとしてこんな奉仕をしてくれている。

かろうじて許されるのは、ここまでだろう。

まさか、カノジョの親友に手を出すわけにはいかない——

2　双子は問題を解決したいらしい

「真樹《まさき》、あたしと風華《ふうか》、買い物に行ってくるね」

「え？」

鷹耶《たかや》姉妹が転がり込んできて、二日後。

なんとか状況も落ち着いてきた日の朝。

朝食を終え、リビングでくつろいでいると、突然雪月《ゆづき》がそんなことを言ってきた。

雪月はふわっとした白のカットソーに黒のタイトスカートという、洒落た私服姿だ。

肩には上品な色のトートバッグを掛けている。

「リィと奈楽香《ならか》ちゃんのこと、真樹に任せるから」

「任せるって……二人の家出問題を俺に解決しろって言ってるのか？」

「あたし、真樹を信じてるから。親友を任せられるのは、あんたしかいないのよね」

「いやいや、鷹耶のダンスのことなんて、俺にどうしろっていうんだ？」

ダンスに関しては素人だし、鷹耶の家庭のことに口出しできるわけもない。

鷹耶たちを応援するつもりではあっても、親がキレるのも当然ではあるとも思う。

解決策など、今のところまるで見えていない。

雪月だって似たようなもんだろうが、親友なのだから俺よりは相談に乗る資格があるというか……。

「それより、雪月。思い切って言うが、鷹耶が来た日の夜に――」

「あー、聞いてる聞いてる。それくらいしょうがないよ。まあ、とっくにリィには一度ぶっかけちゃってたし」

「そ、それを言うな」

最近の俺、戸惑いすぎだな。

というか、俺の周りの女子たちがいろいろと奔放すぎるというか。

「真樹もリィも信じてるから、あたしは気にしない。それに、真樹のカノジョはあたしと風華の二人だけでしょ？」

「それは間違いない」

そこに関しては戸惑うことなく言い切れる。

二つの人格を持つ――〝ダブルマインド〟の俺は二人の人間を同時に愛せる。

ただし、二人だけだ。

翼沙《つばさ》雪月と翼沙風華、この二人だけだ――

「それなら大丈夫。風華もそうでしょ？」

「はい、もちろん」

実はそばにいた風華がこくこくと頷いている。

風華は薄いピンク色の長いワンピース姿で、いかにも夏のお嬢様という雰囲気だ。

「でもなあ……問題を解決するなら、雪月と風華も一緒のほうがいいんじゃ？」

「あたしらがいると気が散るでしょ？」

「散らねぇよ。つーか、俺も買い物についていきたいくらいだ。荷物持ちならするぞ」

「あたしらの買い物、死ぬほど長いわよ。今日は服を買うから、特に時間かかるわね。しかも双子で二人分、二倍悩むから」

「……そこは倍になんのかよ。うん、女子の買い物の邪魔をするのは野暮だな」

「でしょ」

俺は同世代の女子の買い物に付き合ったことなんてない。

だが、女子の買い物が長いというのは決して偏見じゃないだろう。

見てのとおり、雪月と風華はファッションセンスがいい。

なにを買うか真剣に吟味するだろうから、かなりの長丁場になりそうだ。そこになんの口出しもせず、黙って付き合うのはさすがに怯む。

「すみません、真樹さん。お留守番をお願いします。若葉《わかば》さんの面倒はわたしたちがちゃんと見ますから」

「待て！　若葉も行くのか⁉」

「ええ、この前プールで会ったときに約束したんですよ。若葉さん、あまり服を持ってないというのでわたしたちで見立てるって」

「若葉め……そんな話してなかったぞ。風華、本当にいいのか？」

若葉は基本、勉強のこととラーメン屋〝真竜《しんりゅう》〟の手伝いのことしか考えてない。ファッションなどには一ミリも興味がないはずだ。俺も人のことは言えないが。

若葉は店ではチャイナドレスを着て接客しているが、外では制服がデフォルトだ。

「ウチの妹は服を持ってないどころか、私服がほぼないぞ。家では俺のお下がりのＴシャツとかワイシャツとか着てるくらいだしな」

「わあ、それは羨ましいですね。わたしもカレシャツほしいです」

「カ、カレシャツ……まあ着たいならいつでも貸すけどな」

俺は割と背が高いんで、風華にはぶかぶかだろうが、それも可愛いだろうな。

「楽しみです。ああ、若葉ちゃんの服は責任持って見立てますから、真樹さんも楽しみにしててください」

「あたしも超楽しみ♡　若葉ちゃん、きゃわわーだもんね♡」

「きゃわわって……」

微妙に古いスラングだが、雪月もテンションが上がっているようだ。

まあ、ウチの店の常連も若葉を可愛がってるし、妹に小動物的な可愛さがあるのは認めよう。

「悪いが、金は立て替えておいてくれ。あとで俺が出すからな」

「あたしと風華が買ってあげたいの。大丈夫、高級ブランドとかじゃなくて、普通の中学生が着るような服を買うから」

「普通の服も持ってないのは、よくありませんからね」

「……それはそうだな」

俺は若葉にしゃれっ気がまったくないのは気にしつつ、放っていた。

そもそも俺もしゃれっ気などないし、兄貴が女子中学生の服を選んでやるのもなあ。

考えてみれば、俺だけじゃなくて両親も若葉を可愛がってる割に服装には無頓着だ。

俺や両親が若葉の服装のことを考えてやらなかったから、若葉自身もファッションに無関心になったのかもしれない。

「悪い、雪月、風華、妹のことを任せる。あいつも年頃なんだし、少しは服に興味を持てるようにしてやってくれ」

「任せて、たっぷり着せ替えしてくるから♡」

「はぁはぁ、今から楽しみで仕方ありませんね♡」

……ちょっと張り切りすぎな気もするが。

雪月と風華には、手加減なんてできないだろう。

若葉は困惑するかもしれないが、あのクールすぎる妹には雪月たちの強引さが必要だ。

「じゃ、行ってくるね♡」

「行ってきます♡」

そういうわけで、雪月と風華はうきうきと楽しそうに出かけていった。

一応、若葉にも「お姉さんたちに逆らわないように」とＬＩＮＥを送っておく。

若葉からは〝無〟としか言いようのない表情をした、変なウサギのスタンプが送られてきた。

約束したのだし、若葉も今さら逃げないだろう。

そっちはそれでいいとして――

「うーん……」

一人残されたのは寂しいが、ぼーっと寂しがっているわけにもいかない。

俺には任務が与えられている。

むしろ、俺に心置きなく仕事をさせるために雪月たちは出かけて行ったのもあるだろう。

「急いだほうがいいか。鷹耶はオーディションもあるんだしな」

鷹耶はまた廊下で踊っているんだろうか。

あいつ、マジで時間があれば身体動かしてるみたいだからなあ……。

あれだけ本気でなにかに打ち込んでいる同級生が、この世に何人いるだろう？

そんなことをしみじみ思ってしまうほど、鷹耶は本気すぎる。

もし俺にできることがあるなら、たとえカノジョの親友でなくても手を貸してやりたくなるくらいだ。

そうだな、さっさと動こう。

練習の邪魔をするのも悪いが、オーディション前に親との対立を解決してやりたい。

「……あれ、待てよ？」

俺、鷹耶の問題は親との対立と、家出しているという状況だと思い込んでいたが……。

それでいいんだよな？

実際、鷹耶本人から具体的にどう困っていて、どう解決したいか聞いてないんだよな。

そんなことを思い悩みながら、リビングのドアを開けると。

「うおっ」

「きゃっ、ごめん」

「いや……」

まさにその鷹耶がドアの向こう、廊下に立っていた。

彼女もドアを開けるところだったようで、驚くほどすぐ近くにいた。

「ごめん、シャワー借りてた」

「謝ることはないだろ」

俺は苦笑する。

鷹耶は黒髪ショートがまだ濡れていて、シャワーを済ませたばかりのようだ。

「そうなんだけど、家だと練習したあとシャワー浴びると、親が嫌な顔するからさ」

「この時期、運動したらシャワーは浴びないとダメだろ」

鷹耶が苦笑いし、俺も苦笑を返しながら答える。

どうも、鷹耶の親は娘がダンスをすることがよほどお気に召さないらしい。

「あれ？　鷹耶、なんで制服なんだ？」

「今度の舞台は制服ダンスなんだよ」

鷹耶は制服のスカートを小さくめくりながら答えた。

彼女の制服はピンクの半袖ブラウスに、かなり際どいミニスカートだ。

脚が長いので、ギリギリまで短くしたミニスカートがよく似合っている。

「オーディションも制服。本番では衣装用の制服着るけど、オーディションは現役ＪＫなら普段着てる制服でオッケーってわけ。練習はＴシャツとかでいいんだけど、たまには本番に近い感覚で踊っておきたいのよ。特にスカートとパンツって割と感覚違うのよね」

「そういうことか。まあ、制服で踊ってる映像とかよく見るよな」

なんだかんだで、世の中の人たちは制服女子高生が好きらしい。

俺はそういうフェチは特にないが、画《え》になるとは思う。

「…………」

いつも教室で見かける、華のあるギャル鷹耶理衣奈《りいな》の姿だ。

ただ、ピンクのブラウスはいつもより多くボタンを外していて、胸の谷間が——いや、黒いブラジャーがちらりと見えている。

注意するべきだろうか……それとも、ブラチラはファッションなんだろうか？

やはりファッションに疎《うと》い俺には判断がつかない。

「あ、おっぱい見てる」

「…………っ」

「あはは、真樹くん、怖い顔して意外にえっちだよね。でもなんか慣れてきちゃった」

「慣れられるほど変な目を向けてるのか、俺……悪いな」

俺のツラに慣れただけでなく、エロい目に遭わされることにも慣れてしまうとは。

鷹耶は教室ではいつも強気そうで、雪月のギャル軍団でも特に怖そうだったが、彼女のほうこそ意外に恥ずかしがったり、屈託なく笑ったりする。

「悪かったな。ああ、そうだ、雪月と風華は——」

「買い物行ったんでしょ、聞いてるよ。真樹くんは一緒に行かなかったんだね」

「俺の妹の買い物らしいがな。女子の買い物に付き合うのはちょっと」

「それは正解。ユヅの買い物、知らないでしょ？　あいつ、アタシから見てもやべーよ」

「やべーよ……」

俺が鸚鵡返《おうむがえ》しに言うと、鷹耶は真剣な顔になって頷いた。

鷹耶は、何度となく雪月の買い物に付き合った経験があるようだ。

彼女の表情から察するに、〝やベーよ〟は相当に買い物が長いという意味だろうな。

俺はよくわからないまま、上手く地獄から逃れたらしい……。

「おっと、練習してたんだよな？　水分摂らないとな。なにか飲むか？」

「スポドリ冷やしてるから、よろしく」

俺は鷹耶に頷くと、キッチンに行って冷蔵庫からスポドリと自分の分のお茶を持ってきた。

それから、ソファに並んで座る。

「はー、美味しい……シャワー上がりのスポドリがいっちゃん美味しい……」

「練習熱心はいいが、水分補給もしっかりな。オーディション前に倒れないように」

「わかってるって。意外と真樹くん、世話焼きだね」

うーむ、どうも会話が白々《しらじら》しいな。

そもそも、俺と鷹耶は親しいわけでもなかったからな……。

雪月や風華、亜沙《あさ》や優羽《ゆう》、奈楽香が一緒でないとなかなか会話が成立しない。

「ちょっとＴＶつけるか」

俺はソファ前のテーブルに置かれていたリモコンを持ち上げ、ＴＶをつけた。

ＴＶではワイドショーが流れている。

別に興味はないが、無音というのも落ち着かないので、これでいいだろう。

「真樹くん、なんかソワソワしてない？　言いたいことでもあるわけ？」

「……奈楽香のことを任されたが、あいつはちょっと、まだなにもわからないな」

今は鷹耶姉のほうが気になっているが、まずは会話の取っかかりを掴《つか》まないと。

「あー……急がなくてもいいよ。あの子は引きこもりの不登校だからね。すぐにどうにかなるもんでもないし。アタシのオーディションも大事だろ。だから、正直なことを言うと、まず鷹耶のほうの話を聞きたい。そっちは時間制限もあるんだろ」

「鷹耶のオーディションとは違うよ」

「アタシの話か……」

鷹耶は、ごくごくとスポドリを飲み干す。

強引に鷹耶のことに話を持っていってしまったが、幸い彼女は気を悪くした風もない。

「親と揉めてるんだよな？　親御さんは、どうしても鷹耶のダンスを認めてくれない感じなのか？」

確かに鷹耶はダンスに夢中すぎるかもしれないが……。

これだけ娘が頑張ってるのだから、親なら応援する気持ちがあってもいいんじゃないか？

「ああ、真樹くんはアタシらのお母さんを知らないんだっけ？」

「鷹耶の母親？　ああ、全然知らない」

つい先日まで鷹耶本人とすらろくに話したこともなかったんだぞ。

俺が母親のことを知ってたら怖いだろう。

「知っててTVつけたのかと思っちゃった」

「TV？　なんの話だ」

俺はちらりとＴＶ画面に目を向ける。

流れているワイドショーのテーマは、〝現代の中高生への教育〟だそうだ。

中年女性のコメンテーターがすらすらと語っている。

「ほら、この人よ」

「この人って……この人がなんだ？」

今、ＴＶでしゃべっているのはロングの黒髪を後ろでまとめ、黒縁の眼鏡をかけて薄いベージュのスーツ姿の女性。

おそらく四十歳から五十歳くらい。美人ではあるが、いかにも生真面目そうな人だ。

置かれたネームプレートには〝秀華女子大学教授・教育評論家〟という肩書きが書かれている。

その下の名前は――鷹耶佳奈《かな》。

「鷹耶佳奈――鷹耶？　え、待て、この人が鷹耶たちの母親なのか!?」

俺は思わず、ソファから立ち上がってしまう。

「そう、本業は大学教授だけど、ここ何年かはコメンテーターのお仕事で稼いでるみたい」

「この人が鷹耶たちの……母親」

あまりにも偶然が過ぎる。

ＴＶをつけたことにはたいした意味はなかったし、その番組に誰が出ているかなど一ミリも気にしていなかった。

TV画面では、司会者らしき初老の男性が真面目くさった顔で話している。

「やはり、私としては最近の子供がおとなしいことが気になります。昔のような奔放な子供が減って、無個性な子が増えてると思うんですね。どうでしょう、鷹耶先生？」

「はい、私もそう思います」

司会者が話を振り、鷹耶——の母が答えて話し始めた。

「個性重視の世の中と言いながら、実際は右に倣《なら》えの画一的な教育が行われているのが現実です。もっとも、学校側も生徒たちへの言葉の一つ一つに慎重になる必要がある時代であり、マニュアルに沿った教育を行うのも致し方ありません。ですので、教育とは学校だけで行うものではなく、家庭の役割が重要だという事実を思い出さなければなりません」

「はぁ、なるほど。親が子供をどう躾けるか、ですね」

「躾《しつけ》、というと厳しいイメージがあるかもしれませんね。もっと大らかでもいいと思います。子供に個性を与えるのは、親の役目なのですよ。そして親が子を伸び伸びと育ててこそ、個性も育まれます」

「……個性を重視？」

鷹耶の母親、言ってることは立派だが——

確かこの人、娘がダンスに熱中していることにキレて、もう一人の娘にも家出されちまってるんだよな？

「伸び伸びと育てる……？」

「まあ、真樹くんが言いたいことはわかるよ」

鷹耶はまた苦笑する。

「ウチの親、ビジネスで教育評論家をやってるから。昔は『個性個性と言って、子供を野放しにする親は無責任。厳しく躾けるべき』って熱弁してたね」

「話がコロコロ変わるんだな……ある意味、プロか」

今はネットで昔の発言を掘り返されることも多いだろうに、大丈夫なのか？

「ただ、母親は一貫して家ではアタシらに厳しいんだよね。『私のようになりなさい』が口癖で、良い高校から大学に進んで、大学の先生になって、ＴＶに出るまでになった自分みたいになれって、アタシにも奈楽香にも言ってるよ」

「それは無理な相談じゃないか？」

「そこまで言われる筋合いもないけど」

「わ、悪い」

だが鷹耶理衣奈は見てのとおり、ギャルだ。

赤いメッシュが入った黒髪ショートで、学校では制服を着崩し、ギャル軍団である雪月たちのグループに属している。

しかも、雪月の話では成績もあまりよろしくない。

どう見ても、とっくに母親と同じルートから外れている。

「アタシはもちろん、奈楽香だってそんな将来は望んでないのよ」

「簡単に進めるルートではないな」

俺はそこそこ勉強できるが、知性を武器にTV出演できる未来はまったく見えない。

「ただ、TVで話してる内容はビジネスだとしても、本音がどこにあるのかはわからないよな。厳しく躾けるのは当たり前といえば当たり前だしな」

「だからこそ、お母さんとどう戦えばいいかわからないんだけどね」

正直なところ、この母親はかなり手強そうだ。

TVで言葉を武器に商売している人に、俺が議論を吹っかけても勝負にすらならない。

「なんなら、ウチの親父だって厳しいが、あっさり俺が家を出るのを許したしなあ。親が考えてることなんて割とわからんよな」

「真樹くんのお父さん、怖い人なの？」

「怖いというか、職人気質《しょくにんかたぎ》だな。ウチは町中華で、俺も前から店の厨房を手伝おうとしてるが、まったくやらせてくれないんだよな。一応、ネギを刻むくらいできるつもりなんだけどな」

父親が許すのは接客だけで、調理は俺にも若葉にも手伝わせない。

「そうだ、鷹耶たちの父親は？」

「父親というより、お母さんの子分1号だから」

「……まあ、そこはウチも似たようなもんだからわかる」

真竜の店長は親父だが、実質的な支配者は母親だ。

母さんが店の仕入れから経理までビシッとやりくりしているからこそ、親父もひたすら美味い料理を追求できる。

もしも母さんが職務放棄したら、真竜は明日にでも潰れるだろう。

「父親のほうから切り崩すのも無理か……」

鷹耶たちの父親を説得して、父親のほうから母親をなだめてもらう手は使えないようだ。

「ま、アタシの事情はそんなもんよ。まとめるなら生真面目で独裁的な母親が、チャラチャラしたダンスなんかにうつつを抜かしてる娘が気に入らなくて、ダンスをやめるように迫ってる。でもアタシはもうすぐ開催されるオーディションに受かって、ステージに立ちたい。以上」

「まとめたなあ……」

そう言われてしまうと、俺が手出しする隙なんかなさそうに見えるな。

もちろん、鷹耶自身は「チャラチャラしたダンス」「うつつを抜かしてる」なんて思ってないだろう。

母親が実際にそう言ったかはともかく、それに近いニュアンスの言葉を娘にぶつけたようだ。

「とりあえず、家出したままオーディションを受けるしかないか……母親が認めるかどうかはもう後回しにするとか」

「アタシもそのために家出してきたんだしね。でもさ、実は真樹くんに協力してもらいたいことあんの」

鷹耶はそう言うと、その大きな目をまっすぐ俺に向けてきた。

その目は真剣そのもので、廊下で踊っていたときと同じに見えた。

「俺に？　雪月もそんなこと言ってたが……俺にできることなんてあるのか？」

「そう、ユヅに許可はもらってるの。真樹くんに手伝ってもらう許可を——フーカにもね」

「え？　お、おい……！」

突然、鷹耶がソファに座ったまま、制服のミニスカートをすすっと持ち上げた。

その下に隠されていた、黒いパンツがちらりと見えてしまう。

既にピンクブラウスの胸元から覗いている黒いブラジャーと合わせて——上下の下着が見えている。

「ねえ、真樹くん。アタシさ……あんたにエッチなこと、してほしいの」

「はぁ!?」


思わず叫んだあと、時間が止まった。

いや、もちろん時間は流れているが鷹耶のスカートも持ち上げられたまま、黒いパンツが見えたままで。

俺だけでなく、鷹耶のほうの時間も止まっているかのような。

とんでもないことを言い出した鷹耶のほうにまでフリーズされても困る。

「なあ、鷹耶。おまえ、いったいなんのつもり——」

とりあえず、ノープランで口を開いて沈黙を破ってみる。

「ねえ、真樹くん。アタシのダンスの感想、この前訊いたよね？」

「あ、ああ」

「なんて言ったか覚えてる？」

「覚えてるが……俺はダンスなんてド素人だぞ。ＴＶとかでもほとんど見たことないレベルだ。そんなヤツの感想、気にしても仕方ないだろ？」

「それでいいのよ。むしろ先入観がなくていいかも。ユヅには何度も見せてるし、フーカは人がよすぎて褒め言葉しか出てこないだろうし」

「まあ、それは……そのとおりだな」

雪月は鷹耶のダンスを見すぎているなら、今さら感想を求められても困るだろう。

風華はたとえ気になることがあっても、ポジティブなことしか言わないに決まってる。

「じゃあ、悪いんだけど、もう一回言ってみてくれる？」

「なんて言ったか曖昧だが……そうだな、軽やかというか動きがキビキビしてるというか。よほど練習しなきゃできない踊りだと思ったな」

「ありがと。他には？」

「あとは……ああ、健康的って言うのかな。明るくて見ていて気持ちがいいダンスだったな。鷹耶の性格が出てると思う」

「…………っ」

「な、なんだ？　俺、やっぱり不味《まず》いこと言ったか？」

もちろん褒めたつもりだし、本音なんだが、言い方が悪かっただろうか。

「ううん、真樹くんはなにも間違ってないね。というか、真樹くんに聞いてよかったかも……そうだよね、そう見えるよね」

「…………？」

鷹耶は一人で納得しているが、俺にはなんのことかさっぱりわからない。

まさか、〝健康的なダンス〟って表現がよくなかったのか？

「ダンスの先生に言われたのよ。アタシのダンスには――色気がないって」

「い、色気？」

意外なワードが飛び出してきて、俺は腕組みしたまま首を傾げてしまう。

「ダンスって色気が必要なのか？　必要だとしてもケースバイケースじゃないのか？」

「前にも言ったでしょ。色気のないダンスは退屈なのよ。アタシのダンスって〝元気そう〟とか、真樹くんが言ったとおり〝健康的〟とか言われることが多くて。こう、内側から滲み出す色香みたいなものが全然足りないのよ」

「うーん、わからんでもない話だが……」

俺は、ダンスのことなどまったく知らない。

ただ、言われてみれば、〝踊り〟は性的な要素と切り離せないのもわかる気がする。

こっちは高校生なので知るはずもないが、夜のお店でダンスとかしてるらしいしな。

それこそ、肌もあらわな格好で踊ったりと――日本でも外国でも、古今東西あったんじゃないだろうか？

「アタシ、ダンスの技術には少しは自信がある。それだけの練習を積んできたから。だけど、問題はメンタルな部分なのよね」

「メンタルか……でも色気を出すって、具体的にどうすりゃいいんだ？」

肌をあらわにして踊ればいい、というなら話は簡単だったのに。

いや、鷹耶だって高校生なんだから際どいマネはできないか。

「って、待て。だから、〝エッチなこと〟とか言ってるのか!?」

「そう……真樹くん、アタシに色気を磨かせて」

「ま、待て！」

「アタシ、男の子と付き合ったこともないし、ずっと興味もなかったから。でも、手っ取り早く色気を出すなら……こういうことしなきゃ」

「そ、そうとは限らないだろ！　だいたい、俺は鷹耶と付き合ってるわけでもなんでも――」

「親友のユヅが信頼してる真樹くんだから、アタシも……こんなことができるのよ」

鷹耶は、元々いくつも外していたピンクブラウスのボタンをさらにぷちぷちと外した。

ブラウスの前が大きくはだけて、黒いブラジャーと胸の谷間があらわになる。

「そりゃ、ユヅたちとか奈楽香みたいに大きくないけどさ……」

「お、大きさの問題じゃないだろう！」

確かに鷹耶の胸はさほど大きくない。

「これでもCカップあんのよ。ダンスをするには、ちょっと大きすぎるくらいなの。奈楽香みたいに大きかったら、ダンスをあきらめてたかもね」

「し、Cカップとか言わなくていい！」

なんでそう簡単に胸のサイズを口に出すんだ……。

しかも俺は鷹耶のカレシでもなく、仕えるご主人様の恋人でもない。

上下の下着を見せた上に、胸のサイズを教えるなんて普通じゃないよな。

「とにかく、ダンスに色気が必要って話はわかった！　だから、服装を直してくれ！」

「ここまでやって、引き下がれるわけないでしょ。アタシ、本気なんだよ」

鷹耶の目が据《す》わってる。

顔を恥ずかしそうに赤らめてるくせに、目が怖いくらい真剣だ。

「真樹くんに協力してもらうって話、ユヅたちの許可はもらってるから。メイドさんたちにも許してもらってるよ」

「亜沙と優羽の許可は……まあ、いるのか……？」

俺は亜沙と優羽にも〝雪月と風華を可愛がる技法を学ぶ〟という名目で、エロいことをやらせてもらっている。

身体を許してくれているメイドたちに断りなしというのは、申し訳ない。

「いや、亜沙と優羽はまだわかるが……雪月たちがＯＫしてるっていうのはマジか」

「ユヅから話、聞いてるんじゃないの？」

「具体的には聞いてないが、そういうことだったのか……」

雪月からは親友を任せると、さっき聞かされたばかりだ。

まさか、こんな展開になるとは夢にも思っていなかったけどな。

しかも雪月がＯＫしているということは、風華が許可していることと同義だ。

もう当たり前のことになってしまったが、忘れてはならない。

雪月と風華は二人で一人、一人で二人、感情を共有するデュアル・ツインなのだと――

「あ、一応証拠としてこんなのも」

「しょ、証拠？　なんだ、それ？」

鷹耶はスマホを手に持ち、こちらに向けてきた。

画面にはＬＩＮＥのトーク画面が表示されている。

『まー、ちょっと思うところはあるけど、あたしは真樹を信じてるし、リィたちのことも信じてるから』

『真樹さんはわたしたち相手にテクニックを磨いてますから。まとめて、たっぷり開発調教してくれますよ』

「開発！　調教!?」

トークの相手は雪月と風華だった。

鷹耶とのやり取りだが、俺に見せるための会話だったに違いない。

若干、風華のワードセンスがぶっ飛んでいるのはいつものこととして。

「本当に二人の許可が出てるのか……」

こんなに物わかりがいいのも怖い……いや、ちょっと残念か？

雪月たちに嫉妬してほしいというのは、なにもかも欲しがりすぎか？

「というかね、凄く正直に言うと」

「既にかなり正直になってないか、鷹耶？」

「いいの！　もっと正直になるの！　あのさ、この前、この家でユヅとフーカが……お、おっぱいで真樹くんのを挟んであげてたでしょ？」

「ああ、そんなこともあったな」

素っ気なく言ってはみたが、衝撃的すぎる大事件だった。

「あのとき、すっごいドキドキして。アタシ、ダンスばっかで男子のことなんて全然気にしたこともなかったし、エッチなことはもっと気にしたこともなかったのに……ドキドキしすぎて、あの日のことがずっと忘れられなかったんだよね」

「……そりゃ忘れられないだろうな」

クラスメイトの男子が双子女子にパイズリされている光景を目撃して、しかも顔にぶっかけられて、それを忘れられるなら記憶力に問題がある。

「アタシ、自分をエッチに見せられる自信が全然ないの。でも、真樹くんとなら自分の、その……色気みたいなものを引き出せるかも……」

「わかった。協力する」

「え、意外と物わかりいいね!?」

鷹耶は驚いているが、自分ではさほど意外でもない。

これまでに、本気で驚くようなことは何度も経験してきた。

可愛い双子と付き合い、美人の双子メイドに仕えてもらい、今はまた三組目の双子が家出して転がり込んできている。

鷹耶の申し出は突拍子もないが――双子美少女と同時に付き合うことに比べれば、理由も明確でわかりやすいとさえ言える。

「鷹耶は目的がはっきりしてるからな。鷹耶はダンサーになりたい。オーディションに合格したい。そのために、自分の中の色気を引き出したい。そうだろ？」

「ひ、人にまとめられるとアタシ馬鹿みたいだけど……でも、そのとおり。本当に手伝ってくれんの……？」

「ああ、俺にできることなら全部やろう。けど、本当にいいんだな？」

俺は、がしっと鷹耶の華奢《きゃしゃ》な肩を掴む。

確かに鷹耶は胸は雪月たちや亜沙たちに比べれば小さいが、並外れた美貌の持ち主で、おっぱいだって小さいというほどでもない。

こんな美少女相手に、健全な男子高校生が興奮しないはずがないだろう。

「それで……アタシ、こうすればいいのかな……？」

「おお……」

鷹耶は、黒いブラジャーをぐいっと上に持ち上げた。

ぷるっと揺れながら、おっぱいがあらわになる。

「や、やっぱり小さいよね？　けど、けどさ、ユヅたちとメイドさんたちがおっぱい大きすぎなんであって、これでもクラスじゃ立派なほうなんだから！」

「わ、わかってるって。形もいいし、肌もつやつやしてるし、乳首もいい色だ」

「そ、そんな詳しく解説しないでくれる……？」

「褒めるのもダメなのかよ」

鷹耶がいきなりキレ始めたから、まずは褒めておいたのに。もちろん本音だが。

Cカップだというおっぱいは、巨乳に慣れた目には小さい。

ただ、今言ったとおりに形がよくて張りがある。美乳と言うべきか。

乳首も透き通るようなピンクで、わずかに尖っているのは——もう興奮しているからだろう。

「う、うう……ちょ、ちょっと恥ずいね……まさか、真樹くんに見られるなんて思わなかったから。な、なにしてもいいけど、あんまり見られるのは……」

「あ、あのぉ……では真樹央《なかば》さん、ぼくのほうを見てくれたら……」

「「奈楽香!?」」

同時に、俺と鷹耶が裏返った声を上げてしまう。

いつの間にか、俺と鷹耶が座っているソファの下に、ぺたりと奈楽香が座り込んでいた。

しかもなぜか、白いセーラー服姿。

半袖で、スカートは膝丈、全体に真っ白で上品な制服だ。

これは以前に風華も着ていた秀華《しゅうか》女子の制服だったはず……。

「ぼ、ぼくも……お姉ちゃんみたいにエッチな女の子になりたい！」

「アタシ、エッチな女の子じゃない！　エッチな女の子を目指してるだけで！」

「ツッコミどころ、そこなのか？」

俺のこのツッコミも我ながらどうかと思うが。

「いや待て、奈楽香もエッチな……色気を身につける必要はないだろ？」

「女子に色気はあって困るものじゃない……よ？」

「そうなのか……？」

「というか、奈楽香は元から色気あるでしょ。ありすぎるくらい」

鷹耶がそう言って目線を下げ——俺もそちらを見てしまう。

そうだな、奈楽香には充分すぎるくらい色気がある……。

このHカップの胸を備えておいて、色気をほしがるのは欲張りすぎだろう。

「あ、あの、ぼくのも好きに見ていいけど……ぼくも参加していいの？」

「いやいや、それは俺でもさすがに！　鷹耶は——姉のほうはちゃんとした理由があるが、奈楽香は別に……！」

「ぼくにも理由、あるんだよ」

奈楽香は両手を床についていて、這うようにして俺の足元に近づいてきた。

「り、理由は言えないけど、ぼくもエッチになりたいの」

「なんでだよ……」

女子が色気がほしいというのは、わからなくもないが……。

「そ、それに。真樹央さん、実はあまり怖くなくて」

「えっ、マジか？」

つい、嬉しそうな声を上げてしまった。

雪月たちやメイドたちは俺を怖がらないでいてくれるが、未だに大多数の人間が俺のツラを恐れている。

このいかにも気弱そうな奈楽香に怖がられないというのは——正直、嬉しい。

「そうだ、フルネームで呼ぶのは面倒くさいだろ。俺も名前で呼んでるんだし、普通に呼び捨てでいいぞ」

「じゃ、じゃあ央くんで……」

「……まあ、いいか」

雪月や風華にも苗字で呼ばれているのに、他の女子に下の名前で呼ばれるのは微妙だが……。

奈楽香は扱いが難しそうだしな、せっかく勇気を出して下の名前で呼んでくれたんだから、受け入れておこう。

「というか、奈楽香。なんでセーラー着てんの？」

「ひ、引きこもり脱却の練習……お姉ちゃんが頑張ってるんだし、ぼくも……」

「あ、本当？　それならセーラー大歓迎。いいよ、奈楽香、頑張って！」

「…………」

なにやら姉妹で盛り上がっている。

ただ、不登校の引きこもりは是非脱却するべきだからなあ……制服を着て外に出られるようになることは必要かもしれない。

「が、頑張るよ。お姉ちゃんに心配かけられないし……」

奈楽香は、ぐっと拳を握り締めている。

「怖い央くんに慣れたら、ぼくも引きこもらずに誰とでもお話しできる気がするの。お姉ちゃんと一緒にこんなことできるチャンス、一生に二度はないから」

「あってたまるか……って、おい、奈楽香？」

「まずは……お姉ちゃんみたいにやってみないと……」

奈楽香は、セーラー服の胸元のリボンを外し、前をはだけていく。

ぷるるんっ！　と大迫力のHカップのおっぱいがこぼれ出てくる。

柔らかそうでそれでいて張りがあり、陥没した乳首の乳輪はやや大きい。

「うわ、奈楽香。あんた、またノーブラ!?」

「制服は頑張って着たけど、ブラジャーはめんどくさくて……」

「あんた、こんなにおっきいんだからブラくらい着けないと垂れちゃうんじゃない……？」

「や、やっぱりそう？　だらしない身体にはなりたくないかも……」

「ただでさえ、奈楽香、毎日食っちゃ寝してたしね」

「でも、食っちゃ寝してたのに、ぼく、全然太らないんだよね……」

鷹耶姉妹の会話、割り込む余地がないな。

たぶん、奈楽香が太らないのは食った栄養が身体の一部分に吸い取られたからだろう。

吸い取られすぎて、こんなにもたわわに実って——って、こんなこと考えただけでもセクハラだな、気をつけよう。

「アタシたち、二卵性だけど太らない体質だけは似たみたいね」

「ラッキーだった——……引きこもりの不登校でデブってたら、目も当てられなかったよ」

「自分のこととはいえ、メチャクチャ言うな、奈楽香」

「この子、けっこう口が悪いんだよ。あんま気にしないで」

「口が悪いくらい、可愛いもんだろ」

自分が悪相で恐れられてきただけに、毒舌くらいなんでもないように思える。

「あ、そうじゃなくて。鷹耶、奈楽香を止めなくていいのか？」

「やっと奈楽香が自分から一歩踏み出したんだから……アタシは止めたくない」

鷹耶は、首を横に振って——

「ダンスと同じくらい、奈楽香の社会復帰も大事だからね。奈楽香、大丈夫なのよね？」

「うん、頑張ってみる。それに……」

「だよね、こんなのアタシだって恥ずかしいけど……」

「『二人一緒ならできそう』」

「…………」

この二人は二卵性だから顔もスタイルもあまり似てない——それでも双子だ。

「それに、ぼくならお姉ちゃんの足りないところも補えるし」

「足りないって言うな」

鷹耶がじろっと妹を睨みつつも——

「こ、こうしてみる？　実はこれ、やってみたかったけど、アタシには無理だったからさ」

「こ、これ……？　や、やってみるよ……」

「鷹耶、奈楽香、いきなりそんなことしなくても……うおっ」

ソファに座ったままの俺の前に、鷹耶理衣奈と奈楽香、似ていない双子が跪《ひざまず》いて。

鷹耶のCカップの小さなおっぱいと、奈楽香のHカップの巨乳がお互いに押しつけられ——

取り出した俺のペニスをぐにっと挟んでくる。

「こ、こうしてたよね、ユヅとフーカは……」

「ぼ、ぼくもやり方くらい知ってるよ……引きこもりでネットばかり見てたから」

「あ、あんた、なにを見てんの。ネットは妹の教育に悪い……あんっ、びくびくしてるっ」

もちろん、鷹耶のCカップではペニスを挟むのは難しいだろう。

しかし、妹のHカップと同時に挟むことで、すっぽりと包み込まれ——ぎゅっぎゅっと搾り上げるようにしてこすってくる。

「しかし、凄いな、特に奈楽香のほうは……うおっ」

試しに、俺は奈楽香の胸をぐいっと持ち上げるようにして揉んでみる。

ずしっととんでもない重量感が伝わってくる。

「な、なんてとんでもないおっぱいだ……！」

「そ、そんなに凄いの、ぼくのおっぱい……？」

「ごめんね、双子の姉なのにちっさくて」

鷹耶は、やさぐれたような顔になっている。

「い、いやいや、待て待て」

俺は慌てて、鷹耶のCカップも揉んでいく。

「あっ、もうっ、そんなに……ア、アタシのも揉まなくても……」

「鷹耶のおっぱいも凄すぎる。こんな美乳、めったにあるもんじゃないだろ」

「び、美乳とか言わないでよ！　もう……で、でもありがと。やっぱ、ダンサーはなんだかんだで綺麗じゃないといけないから」

「そういうもんか……」

はだけたブラウスの前からこぼれているCカップのおっぱいは形がよすぎる。

服の布地越しでもその形のよさがわかるくらいだ。

「褒めてくれたから……もっと激しくしてあげるね、真樹くん」

鷹耶はニヤッと笑って、おっぱいをぎゅうっと押しつけ、激しくこすってくる。

「うおおっ、そんなにされたら……！」

「うわあ……真樹くん、すっごい気持ちよさそうにするじゃん……」

「央くん、またおっきくなって……んっ、んんっ♡」

四つのおっぱいで挟まれるのは翼沙姉妹、永見《ながみ》姉妹に何度も経験させてもらっているが——

おっぱいのサイズがまったく違う双子の胸で挟まれるのはまた全然別の味わいだ。

ぎゅっぎゅとペニスがこすられ、鷹耶と奈楽香は夢中になって胸を押しつけてくる。

「こ、こんなのもいいかも……♡」

「わ、お姉ちゃん、大胆……すっごいエロ……♡」

鷹耶がＣカップの胸の先端、綺麗な乳首の先端でペニスの先っぽをこすってくる。

もちろん、その間も奈楽香のおっぱいが責めてくる——ペニスの根元からなかばあたりまで、ぐいぐいと絞め上げている。

「んっ、まだ大きくなって……」

「これって、こんな大きくなるんだね……すっごい……」

鷹耶と奈楽香の姉妹は、初めてのパイズリ、初めて挟むペニスに興奮しきっているようだ。

「た、鷹耶、これだけエロい顔できるなら……ダンスでも色気くらいいくらでも振りまけるんじゃないか？」

「ば、馬鹿、こういうことしてないとエッチな顔なんてできないし……まだアタシにはよくわかんないかも……」

「そ、それなら……もっとやってみようか、お姉ちゃん？」

「え、どんなこと……」

「思い切ってすっごく恥ずかしいこと……とか？」

「な、奈楽香がいいなら……アタシは、いいよ。恥ずかしくてたまんない、くらいのことをやらないとアタシ、エッチな子になれないからさ……」

「………」

鷹耶姉妹の間で、話が進んでいる。

姉妹二人でのパイズリ以上に恥ずかしいことなど、そうはないと思うが……。

「ね、ねえ、真樹くん？」

「ま、待て、まさか俺に訊くのか？」

「だって……アタシ、そういう知識、あんまないし。たとえばさ……」

鷹耶は、ちらっと妹のほうに目を向ける。

「そ、そうだね……央くん、たとえば雪月さん風華さん姉妹にもメイドさん姉妹にも恥ずかしくてやってもらえなかったこととか……ある？」

「そんなのは……」

俺はまだ、雪月たちとは一線を越えていないし、メイドたちにも胸や尻を味わわせてもらっただけだ。

俺だって健全な男子高校生で、多少の性知識はある。

やってみたいことくらいはあるが、雪月たちも亜沙たちも大事だから、あまり恥ずかしすぎる真似はさせられなかった。

あえて、その〝恥ずかしすぎること〟をするなら――

「こ、これはちょっとありえなくない……？」

「でも、このくらいしないと……お姉ちゃん、頑張って……」

「俺がやっといてなんだが、マジか……」

鷹耶と奈楽香は、二人ともリビングの床に寝転がっている。

ただし、二人は寝転んで脚を高く上げて身体を折るような体勢になっている。

自分の太ももを掴んで持ち上げ、足先が頭のあたりまで来ていて――

ミニスカートと膝丈スカートは大きくめくれ上がり、鷹耶の黒パンツ、奈楽香のピンクと白の縞パンツが丸見えだ。

こんな恥ずかしい体勢、人生で一度も取ったことがないかもしれない。

「こ、こういうのはストレッチでよくやるから慣れてるけどさ……」

「言われてみれば……鷹耶のほうは、軽々とその体勢やってるな」

「ぼ、ぼくはちょっと苦手かも……お姉ちゃんと違って身体硬いから……」

ダンサーである鷹耶は、確かにこの窮屈な体勢も楽々できるだろう。

引きこもりでろくに運動していなさそうな奈楽香には別な意味で辛《つら》いかもしれない。

「じゃあ、ちょっと……いいんだな？」

「う、うん……ここまでやったんだしね……」

「ぼ、ぼくもいいよ……ふぁっ♡」

俺はさっそく、持ち上げられている鷹耶と奈楽香の下半身——パンツに手を伸ばした。

さすがにパンツは脱がさず、布地の上からその部分に触れていく。

さっきは、俺のペニスをたっぷりおっぱいで気持ちよくしてくれたんだからな。

「今度は俺が、鷹耶と奈楽香のを……」

「ア、アタシのことも……今だけ、理衣奈《りいな》で……」

「じゃ、じゃあ理衣奈……奈楽香……おまえらのパンツの上から、イジらせてもらうぞ」

「は、はっきり言わないでよぉ♡」

「イ、イジって……いいよ……♡」

俺は二人のパンツの上からその部分に触れ、指先でぐりぐりといじるようにする。

そこは既にたっぷりと濡れていて、ぐちゃぐちゃとした音が小さく響く。

「あっ、あっ……は、恥ずかしすぎるよ、真樹くん……！」

「ぼくも……んっ、恥ずかしいよぉ……あんっ♡」

理衣奈も奈楽香もかなり感じているようで、激しく身体をよじっている。

ぷるっぷるっと理衣奈のCカップが揺れ、奈楽香のHカップはもっと派手にぶるんぶるんと揺れている。

そんな光景に興奮してしまい、俺の指の動きもさらに激しくなってしまう。

たっぷりと理衣奈と奈楽香のパンツの上からイジり回して――

「こ、ここまでよね……。最後まではダメだから……♡」

「ぼ、ぼくらが……央くんの、してあげるね……♡」

理衣奈と奈楽香は身体をねじって俺のほうを向き、片手を伸ばしてペニスを掴んでくる。

双子の手でペニスがこすられ、俺はその間も双子のパンツの上からイジりまくって。

「あっ……ああっ♡」

「あんっ……ぼく、もうっ♡」

するっ、と勢いで俺の手が同時に理衣奈と奈楽香のパンツの中に滑り込んでしまう。

同時に、ぎゅうっと理衣奈たちの手が強く俺のペニスをこすり上げ――

「も、もうダメだ……！　理衣奈、奈楽香……！」

「お、お願い、真樹くん！　ア、アタシの顔にちょうだい……！」

「い、いいのか？」

「央くん、お姉ちゃんの顔にかけてあげて……！」

「奈楽香までそんなことを……くっ！」

俺は急いで立ち上がり、猛《たけ》りきったペニスの先端を理衣奈の端整な顔へと向けた。

そのまま、欲望を迸《ほとばし》らせて――

「きゃっ、あっ……んんっ……あ、熱い……！」

勢いよく飛び出したドロリとした液体が、理衣奈の顔にかかっていく。

「すっご、お姉ちゃんの顔にこんなにいっぱい……」

「あっ、もうっ、奈楽香……」

奈楽香はゆっくり起き上がると、ぺろっと理衣奈の顔にかかった液体を舐め上げていく。

「なんか、最後は鷹耶の顔にかけて、誰かに舐めてもらうのが当たり前になってるな……」

「はぁ……凄すぎ……真樹くん、ありがと……」

「い、いや、俺のほうこそ……」

カレシでもない俺が、こんな快感を味わわせてもらった上に、礼まで言われてしまうとは。

なんだか後ろめたい気がしなくもないが……。

「理衣奈……いや、鷹耶に戻さないとな」

「も、戻さなくてもいいけど……ううん、あくまでアタシはダンスのためにやってるだけで、真樹くんはユヅとフーカのカレシだもんね……」

「そうだよね、ぼくはお姉ちゃんのオマケなだけだし……」

「これで、ひとまずおしまいね……ちゅ♡」

「うん、おしまいにしよ……ちゅ♡」

「………」

理衣奈──鷹耶と奈楽香は起き上がり、同時に俺の頬にキスしてきた。

ちゅ、と軽い音が響き、柔らかな感触が伝わってきた。

そうだよな、俺はカノジョである雪月の親友の鷹耶のためにこんなことをしているだけで、奈楽香はその親友のオマケ――

オマケだなんて認めたくないが、本人たちがそう言っているのだから仕方ない。

「はぁ、すっごかった……」

「お姉ちゃん、すっごくエッチだよ……」

鷹耶はぺたりと床に座り、顔はまだドロリとした液体が残っている。

その横に寄りそう奈楽香も、うっとりとしていて――

二人とも、得も言われぬ色気を発している。

ただ、これで本当に問題が解決するのかどうかは――俺にはまだわからない。

3　双子と親友はまだ問題を解決できていないらしい

鷹耶理衣奈《たかやりいな》が軽やかに踊っている。

鋭く床に踏み込み、信じられないほど高く跳び、リズムに合わせて腕や長い脚を振り回す。

その顔には笑みが浮かび、そして――

「おお……」

俺は、思わず感嘆の声を漏らしてしまう。

鷹耶の目つき、揺れる胸、振られる腰、すべてに香るような色気が漂っている。

時に妖艶《ようえん》ささえ感じられ、教室で見かける鷹耶とはまるで別人のようだ。

「おおーっ！　リィ、かっこよすぎ！」

音楽が止み、鷹耶が最後のポーズをキメてダンスが終わると。

俺の横で見ていた雪月《ゆづき》が歓声を上げ、立ち上がって拍手した。

「凄かったですね、リィさんのダンス……感動しちゃいました」

雪月の横にいた風華《ふうか》も立ち上がり、ぱちぱちと拍手している。

ここは、俺たちのタワマンからそう遠くない場所にあるダンススタジオ。

壁に鏡が貼ってあるだけのシンプルなスタジオだが、広さは充分で、鷹耶は思う存分踊れたんじゃないだろうか。

鷹耶が色気を身につけたいあまり、俺とあんなことをしてしまった日から数日――

鷹耶は、夢中で練習を続け、このスタジオでその成果を俺たちに見せてくれたわけだ。

ちなみに、このスタジオは翼沙《つばさ》家が――正確には、双子メイドが手配して押さえてくれたらしい。

「はぁ、はぁ、はぁ……はぁー、気持ちよかったー！　広いスタジオで一人で踊るの最高！

ユヅ、フーカ、ありがとね！」

鷹耶も楽しんで踊れたようで、なによりだ。

それに、素人目に見ても鷹耶のダンスは数日前より格段に上達している。

俺とあんなことをして、色気を身につけたから——だけではないだろう。

鷹耶が翼沙家に居候して数日、彼女は本当に暇さえあればダンスの練習をしていた。

廊下で踊るだけでなく、部屋の中でも不意に腕を振り回したり、ステップを軽く試したりしていた。

もしかすると、夢の中でも踊ってるんじゃないかと思うくらいだ。

「あ、真樹《まさき》くん、どうだった？」

「すげぇよかったと思う。全体にダイナミックになったし、なんというか……その、正直エロいと思っちまったな。悪い、こんな感想で」

「ううん、そう感じてもらわないと困るのよ。なんとか頑張って色気を振りまく踊り方を練習してきたんだから」

鷹耶は本気で喜んでいるようだ。

カレシでもないクラスメイトに「エロい」と言われて喜んでいるのは、冷静に考えるとかなりどうかしているが……。

鷹耶の場合はダンスに不可欠で、コーチにも言われているのだから、色気が身について喜ぶのは当然ではある。

「はぁ……オーディションまであと三日。もう時間ないんだよね」

鷹耶は、べたっとその場に座り込んだ。

実は彼女は今日は、もう一時間も踊りっぱなしだった。

冷房が効いているとはいえ、暑い夏にこんなに動き回れるもんなのかと感心してしまう。

『お姉ちゃーん、お疲れさまー』

「ああ、奈楽香《ならか》もありがと。大丈夫？　ちゃんと見えた？」

『うん、ばっちり見えてた。ぼくもよかったと思う。お姉ちゃん、かっこいい』

「あはは、ちょっと照れるね、これは」

スタジオの中央には、三脚にセットされたスマホが置かれている。

このスマホを通して、映像をメイド部屋の一室にいる奈楽香に送っているのだ。

奈楽香は引きこもりといっても外に出ることは可能なようだが、今日はなにかやることがあるらしい。

リモートで姉のダンスを見てもらっているわけだ。

ちなみに、亜沙《あさ》と優羽《ゆう》も掃除や洗濯、家事があるのでここには来ていない。

とりあえず、一度奈楽香との通信を切り、セットしたスマホを確かめる。

もちろん映像を奈楽香に送りつつ、動画も保存されている。

「うん、ちゃんと撮れてるな。鷹耶、これでいいか？」

「ああ、ちょっと見せて」

鷹耶が立ち上がり、すすっと俺の隣に寄ってくる。

肩がくっつくほど近づいてきて、その身体の柔らかさまで伝わってきて——

「あ、ごめん。汗臭いよね。離れるよ」

「いや、全然いい。俺は灼熱の厨房で汗だくで料理する中華料理屋のセガレだぞ。あ、ウチの店は汗が料理に入らないように細心の注意を払ってるぞ？」

ウチの店はお世辞にも新しいとは言えないが、親父は衛生状態には人一倍気を遣っている。

今時、汚い町中華は流行《はや》らないしな。

「なにそれ、変なの。汗臭いのはマジでしょ。えーと、動画動画……」

鷹耶はスマホを手に取って、熱心に眺め始めた。

こうやってダンスのチェックをすることも大事だろう。

もう追い込みの時期だしな、しっかり確認して調整してほしい。

「あの、ゆづ姉《ねえ》……」

「ああ、うん。わかってるわ。ただ……」

「ん？　風華、雪月、どうかしたのか？」

俺の背後で、双子がひそひそとなにか話している。

あっけらかんとした二人にしては珍しく、コソコソした様子だった。

「気にしないで、真樹。ちょっと……気になったことがあっただけ」

「ええ、たぶんわたしたちの気のせいだと思いますし……」

「………？」

なにが言いたいのか、さっぱりわからん。

鷹耶のダンスになにか問題があったんだろうか？

俺には上手いダンスとしか思えなかったが、双子には他に気づいたことがあったのか？

「あたしたち、ダンスは経験ないけど、日本舞踊とか習わされたからね」

「あれもわたしたち、まったく同じレベルでしたね」

雪月と風華は〝運命の双子《デスティニー・ツインズ》〟、感情や行動がシンクロする。

勉強も運動も完全に互角で、たぶんダンスを学んでも同じレベルに到達するのだろう。

日本舞踊と鷹耶がやっているダンスはまったく別物だろうが……それでも、踊りという意味では共通している。

なにか気づくことがあってもおかしくないか……。

「……これ、どうしたらいいの？」

「え？」

鷹耶はスタジオの床に座り込んで、食い入るようにスマホの画面を見つめている。

独り言をつぶやいているようだが、ダンスのデキに納得しているわけではないようだ。

雪月たちもなにかに気づいたようだし、鷹耶も客観的に自分のダンスを見て、思うところがあるらしい。

オーディションも近いのに、もう一騒動ありそうだ……。

「真樹くん、アタシにもっとエッチなこと教えて！」

「またいきなりだな!?」

ダンススタジオでの練習を終え、四人で翼沙家に戻って──

リビングに入ると、いきなり鷹耶が俺に掴《つか》みかかるようにして迫ってきた。

「こ、この前散々……その、しただろ」

まさかの奈楽香乱入で、二卵性双子姉妹と三人であんなことを。

あれよりエッチなことって、この世にないくらいじゃないか？

「ダメ、全然色気が足りてない。ほのかに匂うくらいしかない。あれじゃ、ないのと変わんない。ううん、色気がまったくないより、ちょっとだけあるほうがタチ悪い！」

「いやいや、落ち着け、鷹耶」

鷹耶は練習着と変わらない、白Tシャツに黒のスパッツという格好だ。

Tシャツは胸元が緩いので、胸ぐらを掴むような体勢だと胸の谷間が見えてしまう。

Cカップでも谷間くらいは充分にできるようだ。

「さっきのダンス、色っぽかったと思うぞ。つーか、あれ以上色気を追求したら別のダンスになるんじゃないか？」

それこそ、夜のお店でやってるような……。

「アタシなら、別のダンスになるくらいのつもりでエロさを出さなきゃダメなのよ！」

「そ、そこまで振り切ったらヤバくないか？」

俺は、ちらっと横にいる雪月と風華に助けを求めるつもりで視線を向けた。

しかし二人は口を挟む気はないようで、完全に傍観者の姿勢だ。

「今度のオーディション、大人だって参加するのよ。というより、参加者のほとんどが大人で、アタシが最年少だと思う」

「ああ、そうだったのか」

本気でプロを目指してる人たちが参加するオーディションで、まだ進路も定かじゃない高校生は少ないってことか。

「他のダンサーは大人だから経験も豊富、綺麗でスタイルもいい人ばっか。た、たぶん男の人もよく知ってて、色っぽいダンサーだらけなんだよ」

「鷹耶は若さで勝負するとか……」

「適当なこと言わないで」

「はい」

ギロッと睨まれて、俺は怯んでしまう。

コワモテで知られた俺より、鷹耶のほうが怖いのでは？

「変だとは思ってたのよ」

「ん？　どういうことだ？」

「ア、アタシと奈楽香が真樹くんと……あ、ああいうことして何日も経ってるじゃん？」

「……それがどうかしたのか？」

あまり掘り返されると恥ずかしい。

必死な鷹耶につけ込んで、自分の欲望を満たした気さえしてくる。

「なのにあのとき一回きりだったじゃん！　アタシがエッチな女子だったら、真樹くんだってあのあと何回もがっついてくるでしょ⁉」

「無茶言うなよ！　あのな、俺はこれでもカノジョいるんだぞ！」

まだ傍観者のままの雪月と風華に、再びちらっと視線を向ける。

双子美少女と同時に付き合うという贅沢をさせてもらい、しかもその双子に仕える双子メイドにも理由をつけてエロいことをやらせてもらっている。

この上、双子美少女の姉——その友人にまでエロい真似をやり続けるなんてありえない。

「無茶でもやらなきゃ、アタシは合格できないの！」

「そ、それなら他の男と……ってわけにはいかないのか」

「いくと思う？」

「……いや」

それを提案するのは、なぜか鷹耶に失礼な気がする。

そうだよな、鷹耶は誰とでもあんな真似をする女子じゃない。

俺は親友のカレシで、その親友の許可を得てるからこの前みたいなことができただけだ。

すぐに他の男を捕まえてこられるはずもない。

「や、やるとしても……この前と同じことをしてもたぶん無駄だぞ」

「わかってる」

鷹耶はこくりと頷いた。

女子の色気を増やす方法なんて俺には想像もつかないが、鷹耶はなにか心当たりが——？

「ただ、エッチなことするだけじゃダメ。もっと、その……エッチに振り切ったダンスを真樹くんに見てもらうとか！」

「いやいや、オーディションは色気が必要ってだけで、エロいダンスを披露するわけじゃないだろ？　正気に戻れ、鷹耶！」

「理衣奈」

「え？」

「理衣奈って呼んで。アタシと真樹くんの間にあるクラスメイト感みたいなものも取っ払ったほうがいいと思うのよ」

「取っ払うもなにも、実際にクラスメイトなんだが？」

さすがにもう友人といってもいいだろうが、クラスメイトであることは間違いない。

「真樹、名前で呼んであげたら？　別にあたしも風華もそんなことで怒らないって」

「ええ、一緒に暮らしてるのに苗字呼びは距離感ありますよね」

「……おまえらも俺のことは苗字呼びだろ」

俺は、ようやく口を挟んできた翼沙姉妹にじろっと目を向ける。

「うーん、真樹は真樹って感じなのよ」

「理屈もなにもあったもんじゃねぇな」

ただ、俺も真樹呼びに慣れすぎて、奈楽香以外に央《なかば》と呼ばれても返事を忘れそうだが。

「まずは理衣奈呼び。それから――間違いなく、今の中途半端なダンスじゃオーディション落ちちゃう。しかも、もう時間がないのよ」

鷹耶はなかば独り言のように、ぶつぶつつぶやいている。

「そう言われても、俺ももうあれ以上は……」

「じゃあ、あ、あたしが協力しよっか？」

「え？」

突然の雪月の台詞《せりふ》に、俺はきょとんとしてしまう。

「真樹が後ろめたいのは、あたしたちへの浮気みたいな気がするからでしょ？」

「浮気そのものだろ」

「亜沙たちのことはもう受け入れてるでしょ。気の持ちようよ。亜沙と優羽はあたしと風華のオマケだって認識してるから、いろいろできるわけで。まだ、リィのことはあたしのオマケだと思えてないんじゃない？」

「俺もこんなツラでも人の心を持ってるんでな。風華やメイド二人をオマケ扱いしてるだけでも相当なのに、これ以上オマケを増やすのは心が痛むんだよ」

冗談を言ってるわけじゃなく、冷静な分析だ。

雪月の言うとおり、俺はたぶん鷹耶をオマケだとは思えていない。

「アタシがオマケ扱いしてもらっていいのよ。いえ、オマケ扱いしてほしい」

「鷹耶、捨て身すぎるだろ」

いくらダンスに本気といっても、もう少し自分を大事にしてもいいんじゃないか。

だが、今の鷹耶にはそんなことを言っても無駄かもしれない。

「捨て身にもなるよ！」

鷹耶の目がギラッと鋭く輝く。

「ごめん、ユヅ！　お願いだからアタシに力を貸して！　ついでに真樹くんも貸して！」

「俺、ついでレンタルされてる!?」

さっきから鷹耶、必死すぎだ！

「一応、あらためて確認しとくけど、リィはいいのよね？　あんた、プライド高いのにあたしのオマケでいいの？」

「オーディションに落ちるほうがプライドぶち折れる！　それくらいなら、ユヅのオマケなんてむしろ望むところよ！」

「じゃあ、話はまとまったわね。真樹、いい？」

「ど、どうするんだよ？」

エッチに振り切ったダンスなんて披露されても困るしな。

俺にそんなものを見せたところで、色気が身につくはずもない。

「あたしも、リィと遊びで踊ったことはあるから。この翼沙雪月さんがリードしてあげる」

「え？　ユヅがリードすんの？　踊れないでしょ？」

「適当でいいのよ、適当で。これはオーディションじゃないんだから。ていうか、ガチのダンスはさっき、たっぷり踊ってきたところでしょうが。いいから、あたしに任せなさい。リィも真樹も」

「「え？」」

俺と鷹耶がシンクロして、声を上げてしまう。

「まずは、真樹。理衣奈呼びでね。それと――リィ、あたしが脱がしてあげる」

「ちょ、ちょっと、ユヅ？」

今気づいたが、いつの間にか風華の姿がない。

姉にこの場を任せて、部屋から出てしまったらしい。

「ぬ、脱がさなくても自分で……！」

「真樹、女の子同士の脱がしっこ、ちょっとエロくて興奮しない？」

「ま、まあ……」

言われてみれば、雪月たちも亜沙たちも俺が脱がすばかりで、双子の脱がし合いは見ていない気がする。

「そういうわけだから、リィ。抵抗してもいいわよ♡」

「ユヅ、目が怖い！」

「へへへ、いい身体してんなあ、お嬢ちゃん♡」

「お嬢様はあんたでしょ！」

雪月と鷹耶——理衣奈の親友同士が俺の前で絡み合っている。

いや、今は一方的に雪月が理衣奈に絡んでいるというか。

「きゃっ、ちょっと、ユヅ……！」

「でも、薄着だから夏は脱がし甲斐がないわね。脱がすのは冬のお楽しみね」

雪月はそんなことを言いつつ、理衣奈の服を脱がしていく。

大げさなアクションで、理衣奈の前や後ろに回り込みながら強引に脱がしている。

確かに踊っているようにも見える動きだ。器用なマネをするな、雪月。

理衣奈はレッスン上がりなので、白Tシャツに黒スパッツというごくラフな服装だ。

Tシャツを脱がしてしまえば、ぴっちりした黒スパッツ一枚の格好になってしまう。

脱がしている雪月のほうは外で着ていた上着を脱ぎ、黒いキャミソールにデニムのミニスカートというギャルっぽい格好だ。

「あっ、こういうブラとパンツなの？　学校でもたまに着けてるよね、リィ」

「真樹くんにバラさないでよ！」

理衣奈は黒スパッツも脱がされ——下着はグレーのスポーツブラに、同じ色のパンツ。

まさに運動用という感じの下着だった——って、さっきまで運動してたんだから当たり前か。

「こういうの素っ気なくてエロくないけど、ギャルのリィが着けてると逆にエロいのよね」

「ぎゃ、逆に？」

雪月は親友の下着姿に興味津々なようで、舐め回すように見ている。

「そういや、俺が最初に更衣室で見たタンクトップに短いスパッツの格好もけっこう……」

「そのことは許したのに、蒸し返さないで！」

「わ、悪ぃ」

以前、雪月と女子更衣室に入り込んだとき、理衣奈の着替えを覗いてしまったんだよな。

あれは悪いことをした……。

「ああ、あたしだけこのままじゃダメよね。ほら、リィ。脱がして」

「マ、マジで言ってんの？　もう、アタシが言い出したんだけど、なにしてんだろ……」

理衣奈は雪月のキャミソールをぐいっと脱がし、デニムのミニスカートも脱がしてしまう。

二人のギャル美少女が絡み合うようにして、踊るようにして、服を脱ぎ、脱がされている。

なんか不思議な光景だが、既にこの時点でエロい……。

雪月は黒のブラジャーに同じく黒のパンツという、いかにもギャルらしい下着だった。

俺の目の前に、クラスのギャル女子二人が下着姿で立っている——なんだ、この光景は？

「フレイヤ、ムーディな音楽かけて」

『了解、ムーディな音楽をランダムで流します』

雪月の声にスマートスピーカーが反応し、すぐに音楽が流れ始める。

アバウトな指定だったのに、ラブシーンでも始まりそうな音楽をきちんと選んでる。侮れないな、今時のＡＩは。

「じゃ、ダンスはここまで。ここからが本番よ。ほら、リィも」

「マ、マジでやんの……ええい、やってやる！　アタシも遊びで家出してきたんじゃないんだから！　ダンスのためならなんでもできる！」

理衣奈はヤケクソ気味に叫ぶと、下着姿のままで俺に抱きついてきた。

そのまま俺は、押し倒されるようにしてソファに座り込んでしまう。

「ど、どう？　エッチな気分になる？」

「これでエロい気分になるな、というほうが無理があるだろ」

下着姿のギャル美少女が俺の膝に乗っかり、首に腕を回して抱きついてきている。

しかも、Ｃカップの胸が俺の腕に押しつけられていて――

「あー、浮気ね浮気。真樹、カノジョの目の前で他の女とイチャつくとはいい度胸じゃない」

「雪月がやらせたんだろ！」

俺を煽ってきた雪月も黒い下着姿で、Ｇカップのおっぱいと白い太ももがあらわだ。

「ん、ちゅ♡」

雪月は俺の隣に座り、ちゅっとキスしてきた。

マジでどうなってるんだ、この状況は……。

俺のクラスで一、二を争うギャル美少女二人がムーディな音楽が流れる部屋で絡みついてきている。

「ふふん、真樹……すっごい興奮してない？　あたしに浮気を見られて興奮するとか、イケないわね」

「うっ……！」

雪月はズボン越しに俺のペニスに触れ、とっくに大きくなっているそれをさわさわと撫でてくる。

「そ、そうなの……きゃっ、前よりおっきくない……？」

理衣奈まで雪月とともに俺のペニスに、恐る恐る触ってくる。

「くっ……こっちも責めてもいいんだよな？」

「も、もちろん。いいわよね、リィ？」

「な、なにもされなかったら……やっぱりアタシ、ダメってことでしょ」

「…………」

雪月がいることで、理衣奈に手を出す許可をもらったような、後ろめたさが倍増したような。

自分でもよくわからんが、もうこうなったら……！

「きゃっ、はうっ……♡」

俺は理衣奈のグレーのスポーツブラをぐいっと上にズラす。

ぷるっとCカップの可愛いおっぱいが目の前に現れる。

間を置かずに、そのままだ揺れているおっぱいにむしゃぶりつく。

「あんっ……！　い、いきなり吸うのぉ!?」

はむはむとおっぱい全体を味わうようにしてから、乳首だけを軽く噛み、引っ張るようにする。

「わっ、エッロ……リィ、すっごいことされてるわよ……？　もう乳首、尖っちゃってるし、ぴくぴくしてるみたい……！」

「わ、わかってるから説明しなくても……ああんっ♡」

俺は、今度は理衣奈の乳首を舐め回してから、ちゅーちゅーと吸い上げる。

雪月たちとも亜沙たちとも違うが、それでもやはり甘い味が感じられてしまう。

「あっ、今度はあたし……あんっ、ちゃんとカノジョのことも忘れてないわけね♡」

「当たり前だろ……」

俺は理衣奈の乳首を強く吸い上げながら、片方の手でがしっと雪月の胸を掴んだ。

ブラジャー越しに胸をぐにぐにと揉み、その重量感をじっくりと味わう。

「おお……理衣奈の乳首を吸いながら、雪月の胸を楽しめるなんて。これ、凄いな……」

「ああっ、んっ……♡　すっごい乳首吸われてる……！　んっ♡」

「ど、同時責め、凄いでしょ……！　真樹、おっぱい揉みすぎぃ♡」

そう言われても、今さら止まれるわけがない。

「理衣奈、俺に責められるだけじゃダメなんじゃないか？」

「わ、わかってるって……で、でも……こ、こんなのでいいのぉ♡」

「うおっ……！」

理衣奈は俺の首にがしっと抱きついてきて、太ももに乗せた股間のあたりを――ぐいぐいとこすりつけるようにしてくる。

グレーのパンツ越しにそのあたたかさが伝わってきている。

「お、おまえ、俺の脚でなにをして……おおっ」

パンツの向こうがじっとりと湿っているような――

理衣奈はおっぱいを吸われつつ、その部分を俺の太ももにこすりつけてきて――かなり感じているようだ。

「ふぅ……」

俺は理衣奈の乳首から口を離し、今度は乳首を指でつまみ、ころころと転がす。

さっき雪月が言ったとおり、乳首は硬く尖っている。

「ねえ、真樹……口が空いたなら……こっち♡」

「あ、ああ……」

俺は、はむっと雪月の唇をむさぼり、舌を吸い上げていく。

その間も、もちろん雪月の胸を揉みまくり、理衣奈の乳首をイジり回している。

「あ、はぁっ♡　……ユ、ユヅと真樹くんのキス、エッチすぎぃ♡」

「り、理衣奈……腰の動き、凄すぎないか……」

理衣奈は腰をひねるように、回すようにして、俺の太ももに股間を押しつけ続けている。

そこはもう、ぐしょぐしょに濡れていて、太ももを液体が伝わっていく。

「こ、こんなの……我慢できるわけないでしょ……あんっ、もう、ダメぇ♡」

「リィ、感じまくりじゃない……真樹、あんたリィをエッチに開発しすぎよ♡」

「お、俺が開発したわけじゃ……雪月、ほら」

「ん、うん……♡」

俺がまた顔を寄せると、雪月は舌を伸ばしてキスしてくる。

お互いに舌を絡め合う濃厚なキスを交わしながら――

俺は雪月と理衣奈のおっぱいを同時に責め、太ももに伝わってくる感触も味わう。

「くっ、今度は……いいか？」

「あっ……真樹くん、また乳首ぃ♡　あっ、すっご……ちゅーちゅー吸われてるうっ、あうんっ♡」

「リ、リィ、乳首押しつけ合っちゃおうよ……は、恥ずいけど、真樹にもっと味わってもらわないと……きゃんっ、あたしのもちゅーちゅーされてるっ♡」

俺の顔の前で、雪月のGカップおっぱいと理衣奈のCカップおっぱいの先端――乳首を押しつけ合っていて。

俺はその二つの乳首をまとめて口に含み、吸い上げる。

まさか、クラスの二大美少女――風華が来る前は間違いなくトップの二人だった翼沙雪月と鷹耶理衣奈、このギャルたちの乳首を同時に味わえるとは。

「あああっ、こ、これじゃ、腰の動きがまた激しくなっちゃう♡　ごめん、ユヅ、あんたのカレシとこんなことっ♡」

「い、いいのっ、リィと一緒にするのも、すっごくいいっ♡　あっ、乳首一緒に吸われてつ、感じすぎるっ♡」

雪月と理衣奈は俺に同時に乳首を吸われ、二人とも背中を反らせて感じまくっている。

「も、もうこんなの無理ぃっ……♡　ま、真樹くんの、今度はお口で……いい？」

「じゃ、じゃあ、あたしは真樹ともっとちゅーしようかな♡」

「ああ、雪月、理衣奈、頼む……」

俺は雪月の背中を抱き寄せて、唇を味わう。

理衣奈はソファから下りて床に跪《ひざまず》き——俺のペニスを取り出して、ぱくっと口に含んできた。

「はむっ、んっ……独り占めするのも、いいかも……♡　んっ、胸で挟むのと、全然違う……んっ、んんっ♡」

「もう、真樹ってば……あたしと風華と散々楽しんで、亜沙と優羽の胸もお尻も楽しんできたくせに、今度はあたしとキスしながら、あたしの親友にしゃぶってもらうなんて……♡」

「マジで贅沢すぎるな……んっ」

雪月はニヤニヤ笑いながら俺にキスしてきて、その間も理衣奈が必死にむしゃぶりつくようにして俺のペニスを吸っている。

理衣奈のおしゃぶりはリズムがよく、ちゅばっちゅばっと素早く強く吸い上げていく。

下着姿の雪月とキスしてるだけでも興奮してたまらないのに――

俺の下に理衣奈が跪《ひざまず》いて、夢中でしゃぶってくれるなんて。

「くっ、理衣奈、また……顔に、いいのか……？」

「う、うん……ぜ、全部アタシの顔に……き、来てっ、いっぱいっ！♡」

俺は容赦なく、また理衣奈の顔にドロッとした熱い液体をぶっかけてしまう。

理衣奈の整った顔が、ドロドロした液体で汚れていく。

「は、はぁ……また熱いの……んっ、また出てきたのも……吸ってあげるね……」

「おお……」

ちゅううっ、と理衣奈が最後に残った分を吸い上げて飲んでくれている。

「す、すげぇよかった……でも、これで色気が身についたんだろうか……？　正直、今の理衣奈は……エロすぎて離したくないくらいだが」

「そ、そうなの？」

理衣奈はちゅぼっとペニスを口から離して、驚いたような顔をする。

まだ液体で汚れたままの顔が、またエロすぎて――

「ねえ、真樹。一個、いいこと教えてあげようか？」

「なんだ、雪月？」

雪月は俺に抱きついたまま、ちゅっちゅっとキスして、頬をぺろぺろ舐めてくる。

たっぷりキスしてから――雪月は俺の隣に座り、寄り添うような体勢になってから。

「リィってさ、生意気なんだよ」

「な、生意気？」

「最初、一年の頃に学校でリィと知り合ったばっかの頃はあたしに突っかかってきてたよね」

「そ、そのこと言うの？　あれは、その……」

理衣奈はまだ猛々しいままの俺のペニスを舌でぺろっと舐めながら、恥ずかしそうに言う。

どうも、彼女はペニスをもっとしゃぶりたいようだ。

「だ、だって、ユヅはアタシと同類だと思ってたけど……可愛いし、アタシよりおっぱいも大きいし……対抗心くらい持って当然でしょ……はむっ、ん♡」

「くっ……それでいつの間にか親友になってたのか」

「ユヅに勝つのをあきらめたら楽になったんだよ……ダンスだけは絶対負けないけどさ」

「そんなの勝負しようとも思わないって。リィに勝てるわけないじゃん」

雪月は苦笑いして、ちゅっちゅっと俺にキスしてくる。

「でもほら、友達のあたしにも負けっぱなしじゃいられないのよ、リィは。未だに〝ダンスなら勝てる〟って思ってるんだし」

「そ、それは……いいでしょ、アタシは負けず嫌いなの！　だから……もっといっぱい、真樹くんのも……出させてあげる♡」

「か、関係ないような……うおっ」

理衣奈にペニスを強く吸い上げられ、俺は悲鳴のような声を上げてしまう。

「ね、生意気でしょ？　リィにさ、もっと……わ、わからせて、、、やりなよ」

「わからせる……？」

「そう、わからせりゃいいのよ」

雪月は俺から離れ、理衣奈と並んで床に座り込む。

「この子はさ、どう見ても最初からエッチな女の子でしょ。自分でそれを認められてないのよ。エロいことと無縁すぎて、自分が最初から色気を持ってるってわかってないの。だから……」

「あんっ♡」

雪月は、理衣奈の剥き出しのおっぱいを乱暴に揉んだ。

「もっともっと、エッチなことしまくって、リィがエッチな女の子だってこと認めさせて。わからせてやって」

「わかった」

「わ、わかったの⁉　ユヅだけじゃなくて、真樹くんも物わかりよすぎでしょ！」

「それじゃあ、まず……俺、顔にかけるのもいいが、実は……」

「な、なに？」

理衣奈は俺の顔を不安そうに見ながら、舌でペニスの根元から先端まで舐めて、ぱくっと口に含んでくれた。

その快感を味わいながら——

「理衣奈に全部飲ませるのもいいかなって……いいか？」

「の、飲ませたいの？　そういえば、アタシの前で出すときはいっつも顔に……だったよね」

「ああ、二度も事故でかけちゃったからな。なんか、理衣奈を見てると顔に出さなきゃいけない気がしてたんだよ……でも、飲ませるのもいいなって」

「そ、そんなこと……べ、別にいいけど……」

理衣奈はちゅうちゅうとペニスを吸い上げてから、口から離して——

「こ、これでいい？♡」

理衣奈は口をあーんと大きく開けて、ペニスの前に顔を寄せてくる。

「それじゃ、あたしが手でしてあげるね。リィ、待ってて♡」

「うっ、ゆ、雪月……！」

雪月が俺のペニスを掴み、しゅっしゅっとこすり上げてくれる。

そういえば、雪月が手でしてくれるのも珍しいな……。

「う、うわっ、すっごいぴくぴくしてる……い、今アタシの顔にあんなにかけたばかりなのに、もう……もう、来ちゃうの？♡」

「あ、ああ、理衣奈……！」

「リィ、いっちゃうよ。リィ、もっとお口大きく開けてっ♡」

「あっ、ああっ……あんっ♡」

俺は雪月の手でこすられてあっさりと果ててしまい——吐き出したものを、そのまま理衣奈の口へと注ぎ込んでいく。

「あっ、んっ、んむむっ……んっ♡」

理衣奈は口に注がれた液体を、ごっくんと飲み込んだ。

「は、はぁ……♡　へ、変な味ぃ♡　ぜ、全部……飲んだよ？」

「おお……」

理衣奈は大きく口を開けたまま、舌をぺろっと出した。

わずかにドロッとした液体が残っているが、本当に飲み干してくれたようだ。

カノジョの親友に全部飲んでもらうとは……。

「理衣奈、ガチでエロい……おまえなら、色気のあるダンスなんていくらでもできそうだ」

「ば、馬鹿♡　こ、こんなことできても、エッチなダンスなんてまだ……」

理衣奈は身体を起こして、また俺の太ももに座ってくる。

ぎゅっと首筋に腕を回してきて、抱きついてきた。

「ううん、なんだかできそうな気がしてきちゃった……♡　でも、まだかも。もっと徹底的に……アタシにわからせてくれる？♡」

「ああ、もっとわからせてやる。生意気な鷹耶理衣奈の身体に、わからせてやるよ」

「う、うん……いいよね、ユヅ？」

「あたしも一緒ならね♡」

雪月もソファに座り直し、俺に抱きついてくる。

二人の美少女ギャルに抱きつかれ、おっぱいを押しつけられ——俺は、その背中に腕を回していく。

俺なら、この二人の美少女ギャルを同時に可愛がれる。

雪月と風華、亜沙と優羽、双子とは違うが――親友同士のギャルたちをまとめて抱き、愛撫して楽しませることができる。

「真樹、ちゅ……♡」

「真樹くん……あぁっ！♡」

俺は雪月と唇を重ね、それから――

理衣奈が俺の太ももに乗せている部分に手を伸ばしていく。

この可愛い同級生のエロい姿をもっと見たい。

彼女が望むとおり、もっとわからせてやろう。

親友の許しを得て、解き放たれた鷹耶理衣奈になら、それができるはずだ。

俺は雪月と激しくキスしながら、理衣奈のその部分に伸ばした手を――

もう、ギャル二人の身体を味わう唇と手が止まるはずもなかった。

4　双子は夏のバカンスを楽しみたいらしい

夏休みも、終わりに近づいている――

これまで何度も経験してきた夏休みで、もっとも濃厚な時間を過ごしたのは間違いない。

中盤くらいに一度、三日ほど実家に戻り、母と若葉《わかば》、ついでに親父とも会ってきた。

若葉はすっかり衣装持ちになっていて、可愛いワンピースやミニスカートなど、クローゼットから溢れ出しそうだった。

雪月《ゆづき》と風華《ふうか》は財布の紐を緩めまくって、可愛がっている若葉に衣装を買い与えたようだ。

「別に似合ってないけど……こんな可愛い服、趣味じゃないけど……」

若葉はクールにそんなことを言っていたが。

母から聞いた話によると、若葉は外出する際には買ってもらった服を着ているらしい。

しかも母の目から見れば、そのときの若葉はいつものようにクールな態度に見えて、浮かれていたとのことだ。

若葉も夏休みを楽しんでいるようで、兄としても嬉しい。

ただ、クールな妹は兄の不在をあまり気にしていないようで、少し寂しさもあったのは秘密だ。

「おー、やっぱ混んでるわね。夏休みが終わる前に駆け込みで遊ぼうって人多いのね」

「これくらい混んでいないと遊園地じゃないですよ。あ、真樹《まさき》さん、行きましょう！」

「おいおい、雪月、風華、そんな急がなくても」

そんな夏休みの終了直前のある日――

俺は、雪月と風華の二人とともに遊園地に来ていた。

双子から、夏が終わる前に三人でデートをと誘われて――もちろん、俺に反対する理由などなかった。

このところ、いろいろありすぎたからな。

鷹耶理衣奈《たかやりいな》のオーディションは既に終わり、今は結果を待っている。

その理衣奈からのススメもあって、三人で出かけてきたのだ。

理衣奈は緊張して遊ぶどころではないらしく、俺たちだけで楽しんできてくれと言われたわけだ。

もちろん引きこもりの奈楽香《ならか》が遊園地に来るはずもなく、誘いはしたがかなり本気で嫌がられてしまった。

メイド二人も、お邪魔はできませんと普通に断ってきた。

鷹耶姉妹とメイド姉妹が来ないのは残念だが、俺と雪月と風華、三人で遊べるのは嬉しい。

遊園地前までは、翼沙《つばさ》家の車で送ってもらえたので、楽なものだった。

まあ、これから入場待機の列に並ばなきゃいけないんだが、これぱかりはどうにもならない。

「ファンパなんて久しぶり。前は一年のときに、リィたちと来たんだったかな」

「そんな前でもないじゃないか」

俺の隣にいる雪月に、ツッコミを入れる。

「もっと頻繁に来てるヤツも珍しくないわよ。あたしも月イチで来たいくらい」

「そ、それは来すぎじゃないか？」

遊園地なんて、たまに行くから楽しいんじゃないだろうか？

ファンタジーパーク――

国内でも一、二を争う有名なテーマパークだ。

その名のとおり、ファンタジー世界をモチーフにしたアトラクションが揃っている。

入場ゲートの前にはずらりと長い列ができていて、気が遠くなるほどだ。

ただ、列はするする進んでいるので、実際は入場までそれほど時間はかからないだろう。

「わたしも前に来たのは一年生のときでしたね。秀華《しゅうか》のお友達と一緒に行ったんですが、別に示し合わせたわけでもないのにゆづ姉と同じ日に来ました」

「さすが運命の双子《デスティニー・ツインズ》……」

雪月と風華は、そんなときにも行動がシンクロしてしまうらしい。

一年生のときは、雪月と風華は別々の高校に通っていて、それぞれの友達と日程を決めただろうに、同じ日に同じ遊園地に行くことになるとは。

運命の双子の実例も久しぶりに聞いたが、恐るべしだ。

「しかし、二人ともその格好でよかったのか？」

俺は、ちらちらと左右にいる雪月と風華を見る。

風華は白いセーラー服姿――ついこの前まで通っていた、秀華女子の制服姿だった。

「いいに決まってるでしょ。似合ってない？」

そして、雪月も同じく白のセーラー服――秀華女子の制服姿だった。

「ある意味、双子コーデですよね」

「実際、双子だけどな」

俺は思わず苦笑して、雪月の制服姿もあらためて眺める。

風華と同じ白いセーラー服だが、プリーツスカートは風華が膝丈なのに対して、雪月はギリギリまで短くしたミニだ。

双子コーデでも、雪月はこのスカート丈だけは譲れなかったらしい。

「やっぱ、〝制服ファンパ〟は基本でしょ。せっかくのデートなんだしね」

「秀華のこの制服、もう着納めですしね。わたしの予備をゆづ姉《ねえ》に貸してあげたんです」

「そういうことだったのか……」

制服姿でファンタジーパークで遊ぶことを、制服ファンパと呼ぶらしい。

風華は転校当初は秀華の制服を着ていたが、すぐに俺たちの学校の制服に替わった。まさか再転校することもないだろうし、確かにこの白セーラーはもう着る機会もないだろう。

「この白セーラー、気に入っていたので、もう一度着たかったんです。せっかくの制服ファンパなので、これを着ようかと」

「そこは、雪月が風華の制服にあわせてやったんだな」

「まあ、あわせてやったというか……」

雪月が珍しく歯切れ悪く言う。

「この前、わたし抜きでゆづ姉とリィさんの三人で盛り上がってましたよね？」

「そ、それは風華も黙認してくれたんじゃ……」

「この前、わたし抜きでゆづ姉とリィさんの三人で盛り上がってましたよね？」

「……はい」

風華のニコニコ笑っている顔が怖い。

理衣奈に〝わからせるため〟に、三人でほとんど一晩中乱れまくったことを、風華は根に持っているらしい。

本気で怒っているわけではないだろうが……。

風華のご機嫌を取る必要はありそうだ。

「今日はいろいろと新鮮だな。二人が髪型変えてるのも珍しい」

「あ、気づいてたの、真樹？」

「いくらなんでもそこまで鈍くねぇよ」

雪月は茶色の髪を横で結んだサイドテール、風華は黒髪を後ろで結んだポニーテールにしている。

「暑いし、今日は動き回るからね。涼しくて動きやすい髪型にしておいたの」

「今日は本気で遊ぶつもりですからね。髪型も重要です」

「なるほどな。二人とも似合ってる」

「あ、ありがとう。ちょっとびっくり」

「ふ、不意討ちで褒められると照れますね」

「…………」

俺、そんなに普段二人を褒めてないか？

双子二人ともカノジョという異常な状況だが、俺が幸せ者であることは間違いない。

ガラじゃないが、褒め言葉は惜しまず言っておくべきか。

そんな会話をしつつ、列に並ぶこと二十分ほど。

意外に早くファンパのゲートをくぐり、中に入ることができた。

「はー、やっと入れたー！　さあ、遊び倒すわよ！」

「中もやっぱり人が多いですね。どのアトラクションから遊ぶか効率を考えて選ばないと」

「二人とも、どういうアトラクションが好みなんだ？」

「「絶叫系」」

「……趣味も同じか」

いや、わかってたけどな？

「だったら二人で楽しんでくるといい。俺は二人を見守ってるから」

俺がそう言うと、雪月の目がキラッと輝いた。

「はは〜ん、真樹ってば絶叫系が苦手なわけ？」

「に、苦手というか、あまり乗ったことがないというか」

「意外ですね。ですが、ここは世界一楽しい遊園地ですから」

「そういう問題でもなくてな……俺が遊園地で遊ぶとか、ガラじゃないだろ？」

「逃がさないから♡」「逃がしませんよ♡」

「…………」

がしっ、と左右から雪月と風華に腕を掴《つか》まれる。

「あ、あのな、絶叫系って二人で並んで座ることが多いだろ？　三人だとどうせ俺が余るんだし、二人だけのほうが」

「わたしとゆづ姉、交代で真樹さんの隣に座ればいいんですよ」

「あたしか風華、どっちかは二人の後ろに座ればいいんだしね」

「…………」

この双子、一人だけ余ることもためらわないのか。

くそ、絶叫系はマジであまり乗りたくないんだよな……なぜわざわざあんな危険な乗り物に乗らなきゃいけないんだ。

俺が内心で困っていると——

「うわ、あのセーラーの子たち可愛いー」

「あの制服、見たことある。お嬢様校の制服じゃなかった？」

「よく見ると顔、そっくり。双子？」

中には鋭い人もいるようだ。

雪月と風華はよく見るまでもなく瓜二つなのだが、髪色や雰囲気のせいか、あまり似ていないように思われる。

『というか、真ん中の怖い顔のヤツ、なに？　双子を拉致《らち》ってるとか？　通報する？』

『…………』

明らかに雪月と風華のほうからしっかりと俺の腕を掴んで離さない体勢なのに、これで俺が拉致ってると思われるのか？

人間、なんだかんだで見た目で判断されるんだよな……。

「気にしない、気にしない。遊園地で周りの目なんて気にしてたら楽しめないわよ？」

「そうです、そうです。わたしたちの関係は、わたしたちが知っていればいいんです」

「……そうだな」

周りから変な目で見られるのは仕方ない。

俺がコワモテな上に、双子美少女が左右にいれば第三者が不審に思うのは当然だ。

でも、雪月と風華は俺のカノジョ――それは間違いないし、俺たちはそれをわかっている。

「あっ、そうだ、風華！　まずあれを買わないと！」

「あっ、そうです、ゆづ姉！　まずあれを買いましょう！」

雪月と風華は同時に言うと、早足で歩き出した。

二人とも運動能力が高いので、俺が引きずり回されているようになってしまう。

雪月たちが向かったのは、ファンパのゲート近くにあるグッズの販売店だった。

「ん？　土産《みやげ》を買うには早いだろ？」

「お土産じゃなくて――もしかして真樹、ファンパ初めてなの？」

「うっ……」

ツッコまれなかったので助かったと思っていたが……バレたか。

「いいだろ、俺みたいな怖いツラのヤツが遊園地ではしゃいでたら変だろ」

「いいえ、全然。真樹さんにファンパの楽しみ方を教えますね」

「な、なんだそれ？」

戸惑う俺を、雪月と風華が腕を組んだまま、ぐいっと引っ張って店の中へと連れていく。

ファンタジックというか、可愛いキャラのグッズがずらっと並んだショップは俺には相当に場違い感が強い。

「これを買わないと始まらないのよ」

「これがないとファンパに来た気になれませんね」

「……それって」

店での買い物はすぐに終わって。

三人で店内から出てきて、雪月たちは今買ったばかりの品物を取り出した。

「じゃーん！　どう、真樹？」

「ふふふっ、どうでしょう、真樹さん？」

「あ、ああ、可愛いんじゃないか」

俺はちょっと戸惑いつつ答える。

雪月と風華は、ネコミミがついたカチューシャを頭につけている。

ご丁寧に、セーラー服のスカートの後ろからシッポまで伸びている。

ファンパの人気キャラ〝ケモねこ〟の耳とシッポを模したグッズらしい。

「でしょでしょ、これを着けて遊び回るのがファンパの正しい楽しみ方なのよ」

「可愛いですよね、これ。女の子はみんな着けてますから」

「……確かに」

全員とは言わないが、雪月や風華と同じ十代の女子たちはネコミミを着けている人が多い。

シッポはどういう仕組みなのか、着けた人の動きに合わせてぴょこぴょこ揺れている。

「それで……俺のこれはなんなんだ？」

もちろん俺はネコミミとシッポは着けていない。

雪月と風華も、俺にそんなものを装着させて笑うほど性格は悪くないからだ。

ただ――

「あはは、めっちゃ似合ってる。ある意味可愛い！」

「ふふふ、本当にお似合いです。可愛すぎますよ！」

「…………」

いや、性格は悪いかもしれない。

俺が買ってもらったグッズは、口元を広く覆うマスクだ。

色は黒で、オオカミの口内のようなずらっと並んだ歯と鋭い牙が描かれている。

そのマスクと俺の鋭い目が合わさると――

「これ、俺の前に並んでる客が逃げ出すんじゃないか？」

「ははは、それなら並ぶ時間が省けていいわね！」

「たぶん、写真撮られてＳＮＳに上げられますね」

「お、おまえらなあ……」

もちろん、雪月と風華が冗談を言っているのはわかっている。

ただ、この二人はファンパに来てテンションが上がっているみたいだ。

「いえでも、真面目に〝ドクロウ〟のマスクが真樹に一番似合うわよ」

「このマスクにここまでぴったりの目を持つ人は、他にいません」

「……褒められてんのか？」

ドクロウとはファンパでもマニアックなキャラ、白骨化したオオカミのことだ。

ファンパでも唯一の怖い系のキャラで、確かに他の可愛いキャラのグッズよりは俺に似合うだろうが……。

「まあ、いいか。二人だけグッズ着けてて、俺だけ素《す》っていうのはシラけるからな」

「あは、真樹って意外にノリがいいのよね」

「ふふ、真樹さんにも楽しんでほしいです」

「もちろん楽しむつもりだ。よし、ファンシーでも絶叫系でもなんでもこい。とことん付き合ってやるよ」

遊園地で遊ぶなんてガラじゃないが、雪月と風華を楽しませるためなら気にしない。

俺にとって、雪月と風華の笑顔以上に大切なものなんてないんだからな。

そういうわけで――

俺は雪月と風華の二人に腕を組まれたまま、次々とアトラクションを回っていく。

「きゃーーーーーーーーーーーっ!」

「ふぁーーーーーーーーーーーーっ!」

雪月と風華の楽しげな悲鳴を聞きつつ、ファンパでもっとも怖いというジェットコースター、〝ドラゴン・ライダー〟に乗って――

初手でこれかよと思いつつも、隣に座っていた雪月の笑顔を見てると俺も「やっぱ降りる」とは言えなかった。動き出したら嫌でも降りられないが。

思った以上に絶叫系が大好きな二人に付き合い――

水上を走るジェットコースター〝リヴァイアサン〟に乗り、信じられないほどの高さから真っ逆さまに落とされる〝ワイバーン〟に乗って。

さらにいくつかの乗り物を楽しんでから、しばらく園内の散歩を楽しむことにした。

たぶん、慣れない絶叫系で死にかけていた俺を気遣ってくれたんだろう。

「へぇ、お城もあるのか」

水路に囲まれた白亜の城が園内の奥のほうに建っていた。

こういうのを見るだけなら普通に楽しいんだがな。

「よし、雪月、風華、二人の写真を撮ろう」

「あ、いいわね」

「はい、そうしましょう」

雪月と風華も頷いて、水路の柵の前に立った。

柵の奥にある城をバックに双子の美少女が立っている——これはいい画になりそうだ。

「じゃあ撮るぞ、雪月、風華」

「はーい」

「はぁい」

雪月と風華が並んで立ったまま、腕を伸ばして二人でハートの形をつくっている。

俺は二人がシンクロしてそっくりな笑みを浮かべた瞬間を狙い、スマホのシャッターボタンを押した。

「お、いい写真になったぞ」

「どれどれ、見せて見せて」

「わあ、よく撮れてますね」

俺の左右に寄ってきた雪月と風華に、今撮ったばかりの写真を見せる。

なんか自分で撮っておいてなんだが、雪月と風華が完全に左右対称のポーズを取っていて、あまりに完璧すぎる……。

「できすぎててCGみたいだ……」

『もう、なに言ってんの。今度は三人で撮ろ。すみませーん、写真撮ってもらえますか？」

雪月が近くを通りかかった若い女性に声をかけ、スマホを渡している。

俺が言ったら逃げられるだろうが、さすがに雪月はコミュ力高いな。

「あ、あのマスクの方と……三人でですか？」

「はい、カレシなんです！　あっちは妹で！」

「そ、そうなんですか。あ、はい。撮りますね」

雪月に声をかけられた若い女性は戸惑っているようだが、雪月に押し切られている。

俺がカレシで、風華が妹――なにも嘘は言っていない。

風華のカレシも俺だ、ということまで付け加える必要はないだろう。

そんなことを言ったら、この若い女性は双子美少女がドクロウマスクの男に力ずくでモノにされていると思い込み、通報する。

「「ありがとうございましたー」」

写真を撮ってもらい、双子が若い女性に礼を言って見送る。

撮影に使った雪月のスマホから写真を送ってもらい、それを確認する。

「……こうして客観的に見ると、俺やべぇな。本物のドクロウより怖くないか？」

「いいんじゃない？　あたしら可愛いから、外を歩けばナンパ男が寄ってくるのに、真樹と歩いてると誰も近づいてこないのよね」

「とても快適です。わたしとゆづ姉が二人で歩いてたら、一歩も進めないレベルで男の人が寄ってきますから」

「おいおい」

今日の雪月と風華は、やはりハイテンションになっている。

普段はそんなに自分の美貌を褒めるようなことは言わないんだがな。

まあ、こんな双子もたまにはいい。これはこれで、可愛い。

「それより、そろそろ次のアトラクション行くわよ！　今度は――」

「あ、これはどうだ？　〝マッド・ヴィレッジ〟。怪物たちが徘徊する暗闇に閉ざされた村。要するにお化け屋敷か、面白そうだな」

「「………」」

「じゃあ決まりだ、行こう」

「決まってないわよ！」

「決まっていません！」

雪月と風華が涙目になって、左右から俺にすがりついてくる。

「そ、そこだけは避けてたのに！　真樹、ファンパのマッド・ヴィレッジを知らないの⁉」

「初めてなのに、知るわけないだろう」

「マッド・ヴィレッジはお化け屋敷の中でも最恐最悪、女子供はもちろん大の男の方でも泣きわめいてママを呼ぶレベルの怖さなんです！」

「お化け屋敷は怖いから面白いんだろ？」

怖くないお化け屋敷など、ただの薄暗い通路だ。

「ぜ、絶叫系はあんなに嫌がってたくせに……真樹、お化け屋敷は平気なの？」

「別に。なにが飛び出してきても、仕掛けの裏には人間がいて操作してるわけだからなあ」

「ダ、ダブルマインドの弊害です……怖がる自分と冷静に分析してる自分がいるんですね」

「そうか、そうかもしれないな。それは思いつかなかった」

雪月と風華、二人を同時に可愛がる以外に使い道がないと思われたダブルマインドにも、意外な効果があったようだ。

「それじゃあ、行くぞ。あ、ここから見えるじゃないか。あまり並んでないみたいだな」

高い鉄柵に囲まれたエリアがあり、その内部には洋風の建物がいくつか並んでいる。

確かに、ヨーロッパの村にも見えるアトラクションのようだ。

入り口らしきあたりには、ほんの数人が列をつくっている程度だ。

「怖すぎるってみんな知ってるから、並ばないんですよ……」

「次々と裏口から気絶したお客が運び出されてるって噂よ……」

「大丈夫だ、もし雪月と風華が気絶しても俺がまとめて運び出すから」

たぶん、双子は気絶するときも同時だろう。

どちらかを前で抱え、どちらかを背中に背負えばいい。

「わ、わかったわよ、行ってやろうじゃん！」

「わ、わかりました、行ってみせましょう！」

「……よし、いい覚悟だ」

なんだかんだで、雪月と風華もノリがいいんだよな。

本当に気絶して倒れないように、俺が支えればいいだけの話だしな。


「「ぎゃ――――――――――――――――――――――――っ！」」

マッド・ヴィレッジ内に響き渡った合唱のような二人のハモッた悲鳴は、その後しばらく園内で語り草になったという……。


「はぁ、今日はさすがに疲れたわね……」

「はい、どことは言いませんが、とあるアトラクションのせいですね……」

一日、ファンタジーパークで遊び尽くし――

「しかし、これまた豪華な部屋だなあ」

俺たちは園内にあるホテルの一室にいた。

本来はツインの部屋らしいがエキストラベッドを追加で入れてもらい、三人で寝泊まりできるようにしてもらっている。

寝室は三つベッドを置いても充分に余裕があり、隣にはソファとテーブルが置かれたリビング。

未成年の俺たちには関係ないが、小さいながらバーカウンターまである。

それにベランダからは、ライトアップされた園内の夜景が一望できる。

「なあ、かなり高かったんじゃないか、この部屋？」

「値段よりも予約を取るほうが大変ね。翼沙グループの観光事業部門に頼んで取ってもらったのよ」

「元々、ファンパの建造に翼沙グループも協力していたらしいですからね。多少、融通が利くみたいです」

「そ、それは凄いな……」

そういえばこの双子は、並外れた金持ちのお嬢様なんだった……。

最近、タワマンに住んでいることもその隣の部屋まで確保していることも当たり前のように思えて、感覚が麻痺していたのかも。

「この部屋、一泊いくらするのか気になってきたな」

「知らないわよ。一般には宿泊料も公開されてないみたい」

「ネットで検索しても出てきませんね。三桁じゃないかって噂があるくらいです」

風華がスマホを操作して、首を傾げている。

三桁というのはもちろん、百万以上という意味だろう。

さすがにそこまではない……と思いたいところだが、部屋は広いし、眺めは最高だし、園内でシチュエーションも最高なので、ありえる気もしてくる。

「本当に広い……って、このベッドも馬鹿でかいな」

エキストラベッドはともかく、最初から置かれていたベッドはずいぶんと大きい。

まさか、キングサイズってヤツなんだろうか……？

「ホントだ、大きいわね。わっ、すっごい包み込まれるみたい」

「きゃっ、ふかふかすぎますね。沈み込んじゃいそうです」

雪月と風華は、同じベッドに座って柔らかさを確かめている。

二人がベッドに並んで座っても、まだまだ余裕がある大きさだった。

「ほらほら、真樹」

「どうぞ、真樹さん」

「え？」

「昼はいっぱい健全に遊んだからね」

「夜は不健全な遊びをしましょう」

「………………」

雪月と風華は、ベッドの上に並んで座ったまま両手を向き合わせてぎゅっと握った。

ぱっと見は似ていないようで、実は瓜二つの二人がシンメトリーの形になっている。

「い、いや、二人とも疲れたんだろ？」

「だからですよ。わたしたち二人を可愛がってください」

「真樹に可愛がってもらうのが一番癒やされるんだから」

「い、癒えるんだろうか……？」

確かに今日の昼間は男子一人女子二人ということを除けば、実に高校生らしい健全な遊びをしてきたが。

だからといって、今から不健全な遊びを始めなきゃいけないわけでもない。

「せっかく大きいベッドもあるんだしさ……」

「わたしの秀華の制服は着納めですよ……？」

「うっ……」

茶髪サイドテールに白いセーラー服、ミニのプリーツスカートの雪月。

黒髪ポニーテールに白いセーラー服、膝丈のプリーツスカートの風華。

健全にこの姿の二人と遊んで――このまま終わりでは、確かに不完全燃焼かもしれない。

「よし、今日はセーラー服の二人を同時に可愛がらせてもらう。雪月、風華、いいか――手加減はしないぞ」

「きゃ、これよこれ。真樹はこのノリの良さがいいところなのよね」

「はい、これですね。倫理も常識も無視してくれるのが嬉しいです」

俺のとんでもない宣言にも、雪月と風華は動じることなく喜んでくれる。

そうだ、俺は二つの人格を持ち、二人のカノジョを同時に可愛がれるんだ。

せっかく楽しいデートを楽しんだんだ、そのシメとしていつもどおりに最後まではしなくても――いつも以上にベッドで楽しむべきだろう。

「じゃ、真樹がしたいこと……していいわよ♡」

「わたしたち、どんな要求にもお応えします♡」

「それなら……」

俺は双子の言葉に遠慮なく甘えることにする。

「この前は、雪月と理衣奈に楽しませてもらったからな。今度は風華に……」

「は、はい♡　それが平等というものですよね♡」

「いいなあ、風華。じゃ、あたしはサポートに回るわね♡」

俺はベッドの上で両膝をついて座り、風華にもその前に座ってもらう。

とっくに猛《たけ》っているペニスを取り出して――

「きゃっ、もうこんなに♡　久しぶりのセーラー服のわたしに興奮してくれてたんですね……では始めます♡」

風華はセーラー服の前をはだけ、白いブラもすぐに外して、ぷるるんっ！とおっぱいを取り出して。

そのＧカップのおっぱいで、ぐっとペニスを挟み込んでくれる。

「は、あっ……んっ、こうでしょうか……真樹さん、気持ちいいですか……」

「あ、ああ……風華、もっと強く挟んでくれ」

「は、はい♡　ぎゅっと挟んでシゴいてあげますね……♡」

風華は顔を赤らめつつも、大迫力のボリュームで、ふわふわと柔らかいおっぱいでペニスを包み、強く挟み込み、ぎゅっぎゅとシゴいてくれる。

黒髪ポニテ、白いセーラー服で清楚な雰囲気の風華が、そのGカップおっぱいでパイズリしてくれている――

こんな最高の快感を俺だけが独り占めできるなんて。

「あんっ、ぴくぴくってして……あっ、真樹さん……もっと気持ちよくしますね♡」

「あーん、もう少し風華にやらせてあげようと思ったけど、無理！」

「お、おいおい、雪月」

横で黙って見ていた雪月が、風華の隣に滑り込むように座ってきた。

それから――

「はむっ♡」

「うおっ！」

風華にパイズリされている俺のペニスの先端を、雪月がぱくっとくわえこんだ。

それから、風華がズリズリとこする動きに合わせて、雪月も俺のペニスの先端をちゅるちゅると吸い上げてくれる。

「お、おいおい、双子にパイズリしてもらいながら、その上くわえてもらうなんて……！」

「ふ、双子だからできるのよ……はむっ、んっ♡」

「双子だから、息を合わせて二人で気持ちよくできるんです……はっ、んっ……♡」

風華はそのＧカップの大きなふくらみで俺のペニスをさらにしっかり包み込み、左右から自分の胸を押し込むようにして挟んで、シゴいてくれる。

雪月はくわえていたかと思うと、その可愛い舌を出してぺろぺろと先端を舐め、ちゅっと可愛くキスしてくれる。

「おおっ、もう……そんなにされたら……！」

「い、いいですよ、いつでも……どうぞっ♡」

「さ、最初だから……風華に出してあげて♡」

「あ、ああ……」

ぎゅううっと風華のおっぱいに強くペニスを包まれ、雪月のお口にちゅううっと吸い上げられて――

雪月がぱっと離れ、風華がぐいっとペニスの根元から先端までこすり上げたのと同時に、俺は一気に果ててしまう。

「あっ、ああっ！　あああっ……あ、熱いの、わたしのおっぱいと……か、顔に♡」

「きゃっ、い、勢いよく出すぎ……あっ、あたしの顔にもかかって……♡」

一気に迸《ほとばし》ったドロリとした液体が、風華の大きなおっぱいを汚していき――

激しく出すぎたために雪月と風華の顔にまでかかってしまう。

「わ、悪い。こんなに出るとは……」

「い、いいんですよ……気持ちよくなってくれたんですね♡」

「もうっ、あたしの妹のおっぱいで気持ちよくなりすぎ♡」

雪月と風華は顔を白い液体で汚しながらも、笑ってくれている。

ヤバいな、双子姉妹のパイズリとおしゃぶり、最高に気持ちよすぎた……二人のコンビネーションで責められるとたまらないな。

「でも、久しぶりに三人だけで楽しめるんだから……」

「もっとわたしたちを可愛がってほしいですよね……」

雪月と風華が、ちゅっちゅっと俺に軽くキスしてくる。

「そうだな。せっかく三人でこんなデカいベッドを使えるんだしな……」

「じゃあ、今度は……こっちでいいわよね？♡」

「まだここでこするだけしかできませんけど♡」

「………………」

俺は、ごくりと唾を呑み込む。

雪月と風華がベッドに横向きに寝転び、それぞれのミニと膝丈のスカートをめくり上げる。

雪月の黒いパンツと太もも、風華の白いパンツと太ももがあらわになっている。

「おお……それじゃ、ここで……こすらせてもらうぞ」

にする。

「好きなだけやって♡」

俺はまた猛っているペニスを――雪月と風華、二人のパンツ越しの秘部の間に差し込むよう

「は、はい、どうぞ♡」

「おおっ……！」

ズリズリと、二人のパンツ越しの秘部に挟まれ、ペニスをシゴいていく。

「きゃっ、あんっ♡　そ、そこすられるの変な感じで……やぁん♡」

「はぁ、あ、凄い♡　ズリズリこすられて、あっ、あっ、はあんっ♡」

雪月と風華も、パンツ越しにそこを刺激されて気持ちよくなってくれているようだ。

ならばもっと――

「はぁっ、あたしのおっぱいも……あんっ♡」

「わ、わたしとゆづ姉のおっぱい、同時に♡」

俺は雪月のセーラーの前もはだけ、黒いブラも外して。

剥き出しになった双子のおっぱいを、それぞれ揉んでいく。

双子美少女のＧカップの胸を荒っぽく揉みながら、パンツ越しとはいえ秘部で挟んでもらえ

るとは。

これは、マジでたまらん……気持ちよすぎる！

「あんっ、あっ、ぐいっとこっち強くこすってる！♡」

「い、いいですね、ゆづ姉……あっ、こっちも……！♡」

俺は雪月の秘部側にペニスを強く押しつけるようにしてこすり、続けて風華のほうにもそうするようにする。

その間ももちろん、二人の巨乳を手でぐにぐにと揉み、味わわせてもらっている。

「すっごい……あっ、あっ……！　ま、真樹ぃ……♡」

「ああ、雪月……！」

俺は雪月におおいかぶさるようにしてキスして、舌を吸い上げる。

「わ、わたしにもキス……してくださいっ♡」

「わかってる、風華……！」

もちろん、続けて風華にもキスして彼女の唇に舌を差し込み、口内をかき回す。

双子の唇をそれぞれたっぷり味わってから身体を起こし——また、胸を揉みながら二人の秘部を同時にこすっていく。

黒と白のパンツがどちらも、たっぷりと湿ってきているようだ。

雪月と風華もキスされ、胸を揉まれ、強くパンツの上からペニスでこすられて感じてくれているらしい。

俺だけ楽しんでいるわけではないようで安心しつつ——さらに双子の身体を楽しむ。

「あっ、もうっ、これだけで凄すぎてっ、あたしもう無理っ♡」

「わっ、わたしもっ……身体が痺れるみたいで、凄すぎてっ♡」

雪月も風華も悲鳴のように甲高く、それでいて甘い声をあげ、身体を反らせ、茶髪と黒髪を振り乱している。

ぶるんぶるんとGカップのおっぱいが弾み、白い肌は上気して、たまらなく色っぽい。

「雪月っ、風華っ、もう二回目……いくぞっ！」

「は、はいっ、今度は……わたしとゆづ姉、二人に一緒に……！」

「き、来てっ、あたしと風華に、一緒に……出してっ！」

雪月と風華は、パンツ越しの秘部を俺に強く押しつけるようにして、みずからぐいぐいと腰を動かしてこすってくる。

もうこれは我慢できるはずがない――

「くっ……雪月っ、風華っ……！」

俺は最後に強くそこをこすると、一気に放出して――

雪月と風華の黒と白のパンツに、ドロリとした液体が大量にかかっていく。

「は、はぁ……すげぇよかったぞ、雪月、風華……」

「あ、あたしも……すっごいよかった……もうおっぱいも下も……気持ちよすぎて、わけわかんなくなっちゃった♡」

「わたし、こんなに凄いの初めてでした……おっぱいも、パンツの中も……気持ちよくて、真っ白です……」

俺が雪月と風華の間に割り込むように倒れ込むと、二人がすぐに抱きついてくる。

「今日、もう幸せすぎたかも……ちゅ♡」

「今日は最高のデートでした……ちゅ♡」

二人の間に寝転んだ俺の頬に、雪月と風華が左右からちゅっちゅっと頬にキスしてくれる。

パイズリにおしゃぶり、それにあんな風にシゴいてもらったあとの、こういう優しいキスが嬉しい。

俺は雪月と風華の華奢《きゃしゃ》な肩を掴んで、引き寄せる。

双子の柔らかい身体が、俺の身体に左右から乗っかるようにしている。

白いセーラー服姿の双子美少女を、こうして俺だけのものにできるなんて、今さらながら夢のようだ……。

「ね、今度は……どうする？　あたしと妹の身体、どこでも好きに使ってね♡」

「どこでもご自由にどうぞ……わたしと姉の身体、好きに使ってほしいです♡」

「ああ……」

俺は双子の肩を抱きながら、次はどうやって楽しませてもらうか考えていた。

ファンパで一日健全にデートして、夜にはこうしてベッドの上で双子の身体を好きなだけ味わわせてもらえる。

もちろん、まだどちらと最後までするかは決められないが――

まだまだ問題が山積みの俺たちには、こうしてなにも考えずに三人で楽しむ時間は必要なんだ。

「んー♡」

「ちゅ♡」

今度は雪月と風華が、続けて俺の唇にキスしてくれてきた。

可愛い双子がこうして甘えてくれるのも嬉しい。

そうだな、甘えてくれる二人をもっと甘やかして、もっと楽しませてやろう――

5　双子は学園祭に期待しているらしい

夏休みが終わった――

あまりにもいろいろなことがありすぎた夏だったが、とりあえず翼沙《つばさ》姉妹の家のことも一段落している。

それに――

「やったぁぁぁ！　ユヅ、フーカ、亜沙《あさ》ちゃん、優羽《ゆう》ちゃん、ありがと！　真樹《まさき》くんも……マジでありがとう！」

電話で合格の連絡を受けたときの鷹耶理衣奈《たかやりいな》の泣くような声は忘れがたい。

妹の奈楽香《ならか》を無視したわけではなく、そばにいた妹に抱きついていて、彼女には態度で喜びを表していただけだ。

そう、理衣奈はオーディションに無事に合格した。

俺は心からほっとしたし、自分のことのように嬉しかった。

それに、あれだけ理衣奈にアレコレやりたい放題やっておいて、結局は不合格でした、だったら笑えない。

「今日くらいはカロリーのことは忘れましょう。太っても大丈夫です」

「明日から私たちのヘルシー料理を食べ続ければ、骨と皮になれます」

などと、双子メイドが合格祝いに料理をふるまってくれて――

翼沙家で、派手にお祝いパーティが催された。

理衣奈も本当に喜んでいたし、パーティはずいぶんと盛り上がった。

ただ、それで鷹耶姉妹の問題が解決した――とは言えない。

実は、鷹耶姉妹は未だに自宅に戻っていない。

「ユヅ、フーカ、真樹くん、お世話になりました」

と言いつつ、理衣奈がお隣のメイド部屋に移っただけだ。

奈楽香は元からメイド部屋にいるので、お隣がメイド姉妹と鷹耶姉妹の四人暮らしになったというわけだ。

俺と雪月《ゆづき》と風華《ふうか》、三人での暮らしが戻ってきてはいるのだが――

奈楽香の引きこもりがまだ解決していないため、理衣奈も家には戻らないらしい。

鷹耶家の親は娘たちの反乱を認めたわけではないようだが、特に母親のほうが多忙すぎて娘たちの面倒を見られないようだ。

問題は先送りにされ、鷹耶の両親は〝翼沙家に娘を預ける〟という形を取ったらしい。

翼沙家は名家だし、雪月は元から理衣奈の親友なので――信用できる友達の家に長期滞在、みたいな形で家出を黙認されている状況だ。

もちろん、鷹耶家の問題が解決したというにはほど遠い。

ついでに言うなら、雪月と風華の前に立ちはだかる夜琉《よる》の問題すら解決せず、先送りになっている。

この夏に起きた問題は多少の進展をしつつも解決しないまま、夏休みは終わった――

だが、俺たちはこれでも高校生。

夏休みが終われば、家庭の事情のことばかり気にしているわけにもいかない。

学校生活が戻ってくれば、やるべきことはいくらでもある。

そんなわけで新学期が始まり――

「いよいよ学園祭が始まるわ！　みんな、覚悟はおっけー!?」

「おっけーっ！」

と、ノリのいい陽キャ連中が一斉に声を上げる。

教壇のところにいるのは、他でもない我がカノジョの一人、雪月だ。

隣には理衣奈と、雪月の友人のギャルたちが集まっている。

新学期が始まって最初のＬＨＲでは、学園祭についての話し合いが持たれることになった。

雪月は別にクラス委員ではなく、学園祭の実行委員でもないはずだが、なぜか彼女が話し合いを仕切っている。

「学園祭か……」

正直、俺にはあまり縁のないイベントだな。

なにしろこのコワモテなので、模擬店だろうがステージでの出し物だろうが、表に出ることはありえない。

裏方ならいくらでも手伝うが、果たして今年はそんな役回りも回ってくるかどうか？

去年のクラスの出し物は、たこ焼きの模擬店だった。

クラスに馴染めていなかった俺には、単純な力仕事が回ってきたくらいで、ほとんどなにもできなかった。

「どうしたんですか、真樹さん？」

新学期が始まってすぐに席替えがあり、俺は風華の後ろの席になった。

その風華が後ろを振り向いて、話しかけてきている。

「いや、今年は俺も少しはクラスに貢献できればな、と思って」

「ゆづ姉《ねえ》が仕切ってますし、いくらでもお仕事回ってくると思いますよ」

「……だといいな」

さすがにもう風華も俺のことはわかっているようで、俺がなにを心配しているのかも察してくれたようだ。

去年は正直、少々後ろめたかったんだよな。

みんながバタバタ動き回って働いているのに、俺だけサボってるみたいで。

「では発表します！　今年の出し物は――演劇よ！」

雪月が嬉しそうに発表し、クラスメイトたちがわーっと沸く。

いつの間にか雪月たちが話し合いをして、出し物の内容が決まっていたらしい。

クラスの一部の生徒が勝手に決めた形だが、不満の声は聞こえない。

俺としても、いちいち話し合いをするより人に決めてもらうほうが助かるくらいだ。

「しかし、演劇か……ベタといえばベタだな」

「ふふ、楽しそうですね。どんなお話をやるんでしょうか？」

風華も大声こそ上げないが嬉しそうで、初めてのこの学校での学園祭を楽しみにしているようだ。

確かに、演劇というのも悪くない。

舞台の背景や小道具をつくったり、裏方の作業はいくらでもあるだろう。

あまり器用なほうじゃないが、コツコツ細かい作業をするのは嫌いじゃない。

「タイトルは『ちぇんじりんぐ！』。オリジナルの脚本でね。ヨーロッパの架空の国で、双子の男女が入れ替わって女の子が騎士に、男の子が女官になって王宮で奮闘するお話よ！」

「へぇ、『とりかへばや』みたいな話だな……って、双子？」

「ゆづ姉、双子って言いましたね……」

俺が首を傾げ、風華も珍しく戸惑ったような顔をしている。

「そう、もちろん主演はユヅ。それともちろん、ダブル主演でフーカね」

雪月の隣にいた理衣奈が、ニヤッと笑って言った。

「わ、わたしが主演……ですか？」

風華がきょとんとして、変な声を上げた。

どうやら、風華には話が通っていなかったらしい。

どっちが男の子でどっちが女の子をやるのか……とはいえ、風華はあまり目立つのは好きではないだろう。

でもまあ、クラスにこれだけ華のある双子がいるんだからな。

演劇をやるなら、雪月と風華を起用しない手はないか。

「お話はわかりやすく、正義の双子が悪の宰相を倒す展開になってるから。もちろん悪の宰相――ラスボスは真樹央《なかば》くん」

「みんな、あたしのカレシをラスボスにするけど文句ないよね！」

「…………」

続けて理衣奈が説明し、最後に雪月がダメ押ししてくる。

「ま、待て、雪月！　マジで言ってるのか!?」

俺は思わず、立ち上がってしまう。

ラスボス——俺が？

いや、悪役が似合うことは否定しないが……俺に舞台の上で演じろっていうのか？


「雪月、俺に演技なんてできるわけないだろ！」

「観念して、真樹。もう決まっちゃったんだから、今さら無しなんてみんなシラけるわよ」

放課後になり——人がいなくなった教室。

当然だが、俺は雪月に詰め寄っている。

相手は可愛いカノジョだが、ここは言うべきことを言っておかなければならない。

「そんな陽キャのルールを適用されてもな……おい、風華。風華はいいのか？」

もちろん風華も残っていて、雪月の隣に立っている。

「風華はあまり目立ちたくないんじゃないか？」

「それはそうですけど、わたしは転校生ですから。発言力なんてありませんよ」

「そんなことないだろ。そもそも、転校生に主演させてるとかエグすぎるだろ」

既に校内での風華の知名度は、姉の雪月にも劣らないほどだ。

姉の雪月とぱっと見のタイプは真逆だが、並外れた美少女でしかも文武両道の優等生。

有名になるのも当然ではある。

だが、いきなりクラスの出し物のメインに据えられれば拒否するのが普通じゃないか？

「大丈夫よ、さっきの話し合いでも反対意見なんて出なかったでしょ？」

「……そもそも双子を主演にするのが計画的すぎないか？」

「それ、あたしが決めたんじゃないのよ。脚本持ってきたの、リィだし」

「理衣奈が？」

その理衣奈は、放課後になるとすぐに教室を出て行ってしまった。

オーディションに合格したので、ダンスのレッスンが忙しいらしい。

「なんで理衣奈が演劇の脚本なんて持ってくるんだ？」

「さあ？　細かいことはいいでしょ」

「………………」

決して細かくないと思うが……オリジナルの脚本がどこから出てきたんだ？

もちろん誰かがイチから書いたんだろうが、いったい誰が……って、いやいや待て。

「確かに脚本の作成者なんかどうでもいいな。その脚本どおりに俺が演じなきゃいけないのが問題だ。風華だって演劇向きじゃないだろ」

「あの、わたしは本当に大丈夫ですよ。お友達のみなさんも応援してくださるそうですから」

「そ、そうなのか」

この夏に転校してきたばかりの風華はとっくに学校に馴染んでいて、既に一年以上在籍している俺よりクラスに溶け込んでいる。友達も多い。

風華っておとなしくて控えめそうに見えて、コミュ力高いんだよな。

なにげにグイグイ来るし、物怖じしないし……だからこそ女子に消極的な上にツラが怖い俺と付き合えてるんだろうが。

「となると、問題は俺だけってことか？」

「心配しないで、真樹が演技が苦手なのはわかってるから。台詞は少ないし、雰囲気で演じてくれたらそれでいいの」

「雰囲気？」

「ひたすら〝全員ブチ殺す！〟みたいなオーラを放ってくれたらいいのよ」

「できるか、そんなこと！」

雪月はまだ俺を理解してなくないか!?

俺はツラが怖いだけで、凶暴さはかけらもないんだが！

「『ちぇんじりんぐ！』なんて聞いたこともないが、もう脚本って完成してるのか？」

「ええ、ほぼ完成してるわ。あたしがちょっと手を入れてるから、それが終わったらデータでみんなに配布するから」

「雪月が手を入れてる……だと」

翼沙雪月は陽キャの代表なだけでなく、クラスのリーダーみたいなものだから、彼女が脚本作成に関わっても誰も文句は言わないだろう。

ただ、どうもな……俺に無茶ぶりするような内容を追加してくるのでは？

「ウチの学園祭、夏休みが終わってすぐの開催だからね。時間ないわよ、真樹」

「しかもラスボスとか、俺には荷が重すぎだろ……」

「いいえ、あたしもリィも嫌がらせで真樹を選んだわけじゃないから。真樹ならできるって信じてる」

「信頼が重たいな……」

雪月が俺を好きでいてくれるのは嬉しいが、演技力なんて俺に縁がなさすぎる能力にまで期待されるのは困るな……。

鷹耶姉妹の問題のほうがまだ楽だったかもしれない。

奈楽香の問題だってなにも解決してないのに、この上新たな問題発生なんて冗談じゃ――

「……待った」

「どうかしたの、真樹？」

「ちょっと用を思い出した。先に帰る」

雪月と風華は衣装合わせとやらをやるらしい。

俺の衣装はまだデザインもできていないので、後日ということだ。

だったら、カノジョ二人を置き去りにするのは気が引けるが――今思いついた疑惑を、一刻も早く解決しなければ。

俺は教室を出て、歩きながらスマホを取り出した。

「あ、優羽か？　ちょっと訊きたいことがある」

「学園祭の脚本を書いたのはおまえだな、奈楽香？」

「い、いきなりなに……？」

自宅タワマンに戻り、メイド部屋の玄関を開けて中に入る。

今は鷹耶姉妹で使っている部屋のドアをノックすると、すぐに奈楽香が出てきた。

また今日も白Tシャツ一枚という格好で、Hカップの巨乳の先端が浮かび上がっている。

懲りもせずにノーブラか……まったく、こいつはものぐさだな。

「いや、面倒くさいやり取りはごめんだからな。どうなんだ？」

「うっ……」

奈楽香は明らかに怯んだ顔をして——うつむいたまま、頷いた。

「な、なんでわかったの？」

「理衣奈の問題に対処するのと同時に、奈楽香のことも考えてた。どうも、奈楽香は俺が理衣奈の問題を解決していく過程を楽しんでた節《ふし》がある」

「た、楽しんでなんか……」

そう言いつつも奈楽香は否定できないようだ。

理衣奈が色気を身につけるための特訓をしていたとき——奈楽香は姉の特訓に付き合いながら、妙に興奮していた。

なにしろ、俺とあんなことまでしたんだからな。

それに加えて――

「いつもノートＰＣでなにか書いてたしな」

あの行為の意味を考えるなというのは無理な話だ。

理衣奈がカレシでもない男とエロい真似をしているところを、奈楽香は懸命にメモっていた。

記録するようなことじゃない――どちらかというと見なかったことにするのが普通だろう。

「きゃ、脚本というか……ぼくが書いてるのは小説」

「そうらしいな」

「えっ、そこまでわかってるの？」

奈楽香が驚き、俺はこくりと頷く。

「お、お姉ちゃんから訊いたの？」

「いや、ただ俺が気づいただけだ。小説を書いてること、おまえの姉は知ってるわけか」

「し、知ってるけど……詳しくは知らないと思う。お姉ちゃん、小説は全然読まないし。ぼくだってダンスに興味ないし、お互い趣味は全然違うんだよ、ぼくら」

「なるほどな」

似ていないようで似ている翼沙姉妹や、見た目も中身もそっくりなメイド姉妹。

その二組の双子ばかり見てきたせいで忘れそうになっていたが、双子だからといって、中身が別物なんてことは普通にある。

理衣奈が奈楽香の小説のことをよく知らず、俺たちにも特に話さなかったのは単純にあまり気にしていないからだろう。

理衣奈が冷たいわけではなく、興味のない分野ならそんな反応になっても不思議ではない。

「で、でも、ぼくが脚本書いたってよくわかったね？」

「俺には忠実なメイド二人がいるんだ。お嬢様と俺に同時に仕えてくれる二人が」

「あっ!?」

奈楽香は、ぴょんと跳び上がって、部屋の中に戻った。

部屋の床に置かれたノートPCを持ち上げて、中身を見ている。

「も、もしかして、メイドさんたちがPCを調べたの？」

「ロックもかかってなかったし、小説を執筆してる画面が開きっぱなしだったらしい。まあ、盗み見には違いないが……」

優羽に連絡し、奈楽香について知っていることを聞き出した。

忠実なメイドなので、奈楽香の情報もためらいなく吐き出してくれたのは助かった。

「メイドさんにお掃除頼んでるから、それはしょうがない……ぼく、PCはずっと立ち上げっぱなしでモニターの節電もしてないから……」

「本当にものぐさだな」

おかげで、詳しく調べるまでもなく脚本を書いた犯人がわかったわけだが。

優羽は俺に訊かれる前から、奈楽香の正体を知っていたらしい。

別に報告することではないので、俺にも翼沙姉妹にも黙っていたそうだ。

「理衣奈は、奈楽香が小説を書いてることだけは知ってたから、おまえに脚本を依頼したってことか」

「う、うん……たぶん、お姉ちゃんはぼくになにかやらせたかったんだと思う」

「そんなところだろうな」

妹が家出先でも引きこもっているよりは、素人演劇の脚本を書かせたほうがいいということだろう。

無為に時間を過ごさせたくないという理衣奈の気持ちはわかる。

ただ、奈楽香は自分が書いたことは人に知られたくないので、理衣奈も雪月に脚本を渡しつつも執筆者の名前は伏せたようだ。

わかってみれば、簡単な話だ。

「奈楽香は小説家志望ってわけか？」

「う、ううん……もうデビューはしてて……」

「デビューしてる⁉　プロの小説家ってことか⁉」

それは少し――いや、だいぶ意外な話だ。

趣味で小説を書いているだけの素人かと思ってた……。

「今、小説はネット投稿ブームが延々と続いているので」

「あー、ネットニュースで見たことはあるな。大ヒット作品も生まれてるらしいな」

「売れ行きはピンキリだけど、デビュー自体のハードルはすっごく下がってるんだよ。ぼくもそのおこぼれにあずかったというか……」

「デビューを自慢してるのか、卑下してるのかわからねぇな」

俺から見れば、デビューして本を出版しているだけで一般人とは違うように思えてしまう。

「ただ、そうか。なるほどな……」

俺はとりあえず床にあぐらをかいて座る。

奈楽香もその前に、ぺたりと座り直した。

大きいTシャツの下はショートパンツなどもはいていないので、派手なイエローのパンツが丸見えになっている。

そちらは見ないように気をつけつつ——

「奈楽香は、小説を書いてるから学校に行ってないのか？」

「あ、それは逆。学校に行かなくなったから、暇に任せて小説を書いてみたら運良く書籍化されたんだよね……」

「人生、どう転ぶかわからんな……」

「央くん、凄く実感の籠もった台詞だね」

感心されても困るが、確かに俺ほど人生が一変した男も珍しいだろう。

あの放課後の雪月への告白から、ここまで状況が意外なほうへ意外なほうへと進んで行くとは夢にも思わなかった。

　奈楽香も、暇だからと書いた小説が出版されるとは想像もしなかったに違いない。

「ぼく、学校行くより小説書いてたほうが楽しいんだよね。あと、お金にもなるし。印税は一〇パーセント、ぼくは一ヶ月で一冊書けるから、定価七〇〇円だとすると一万部出て七〇万円も入るんだよね。月収七〇万だよ、凄くない？」

「生々しい話を付け加えるな」

　毎月七〇万入るならたいしたもんだが、まさか毎月本を出版してるわけじゃないだろう。

　もっとも、高校生のバイト代としてなら七〇万は相当な金額だが……。

　普通の高校生がバイトの一ヶ月の収入が三万から五万くらいだとすると——一年分を余裕で超えていることになる。

　そう考えると、奈楽香ってもしかしなくても凄いんじゃないか……？

「あ、あの、央くん？」

「あ、悪い。つい、余計な計算をしてた」

　だが、俺も小説家の価値などわからないので金銭で計算するのが理解しやすい。

　鷹耶奈楽香は、ただの家出少女、引きこもり少女なんかじゃない——

「奈楽香、おまえは凄いんだな」

「ほぇ!?　そ、そんなことないよ。ぼくなんて、まだまだなんちゃって小説家で！　お姉ちゃんみたいな華々しい人と違って、引きこもりの不登校で人生はお先真っ暗だよ！」

「そこまで卑下しなくていいだろ」

そりゃ、小説が次々と出版できて金が稼げたら引きこもりでも問題ないけどな。

そんなに簡単じゃないってことはわかる。

ただ、奈楽香に物書きの才能があるのは事実だろう。

それがわかっただけでも、今日こうして奈楽香を問い詰めた価値はあったってものだ。

まあ、それはいいとして——ある意味、ここからが本題だ。

「……ところで、奈楽香」

「はい」

「主役を双子にして、悪の宰相をラスボスに据えた——ラスボスなんてものをわざわざ出したのは、誰のアイデアだ？」

「ドラマや映画では普通はまず脚本があって、役者さんを選んでいくんだよ」

「ん？　まあ、それが普通じゃないか？　俺は全然詳しくないが」

「でも時々〝この役はあの役者さんにやってもらう〟って脚本を書き出す前に決めて執筆する〝アテ書き〟ってやり方もあるの。まさに、それがこれ！」

「それがこれ、じゃねぇよ！」

「ええっ、ダメだったの……!?」

奈楽香は嬉しそうに一気にしゃべったかと思うと、俺にツッコまれてビビっている。

怖がらせたのは悪いが……なんでわざわざ、雪月と風華を主役にして、俺が悪の親玉になるような脚本を書きやがったのか。

「お姉ちゃんからは、『ちょっと書いてみてくれない？』くらいの軽い感じで頼まれたんだよね。けど、小説と舞台の脚本は全然違って。う～んって悩んでたら、ふと実在の人をモデルにしたらいいんじゃね？　ってビビビッて思いついたんだよね。そしたら筆が走る走る！」

「走る走る、でもねぇよ！」

俺と雪月たちをモデルにしたのは――まあ仕方ない。

今、奈楽香の周りにいる人間といえば俺たちしかいないんだからな。

「……あれ？　じゃあ、理衣奈がモデルの登場人物もいるのか？」

「あ、お姉ちゃんモデルの人はいないよ。だって、そんな人を出したらお姉ちゃんも出演することになっちゃうでしょ。お姉ちゃん、ダンスが忙しいのに舞台にも出演することになったら可哀想……」

「俺も相当に可哀想なんだけどな！」

舞台に出るというだけでも相当なプレッシャーなのに、ラスボスを演じろなんて。

これが地獄でなくて、なんだというんだ？

「まあ、話はよくわかった。それで……奈楽香は小説の仕事を親に認められてないってことなのか？」

「あ、そっちの話に行くの？　全然違うよ」

「違うのかよ」

相変わらず、奈楽香はつかみ所がないな……。

あの無表情な双子メイドよりつかみ所がないって相当だぞ。

「小説を書いてるのは親も知ってるよ。お金も絡むことだからね」

「あ、そうだよな」

奈楽香は未成年で、プロの仕事をやるなら出版社側が保護者に話を通さないわけがない。

「けど、ウチの親――特に母親は小説がダメって言ってるんじゃないんだよ。むしろ、お母さんも本を出版してるし、ぼくが小説を書くことは『さすが我が娘』って思ってるくらいで」

「だったら、奈楽香は家出する必要なんてないんじゃないか……？」

「単純にぼくが不登校なことに怒ってるんだよね」

「小説はあまり関係ないのか……」

あるいは、奈楽香の問題を解決する糸口をつかんだかと思ったのに。

「ぼく、昔からお姉ちゃんにべったりで。でも、お母さんの指示で〝自立〟のために別々の高校に通うことになったんだけど、一人じゃ学校なんて通えなくて。そんで不登校になって、小説書き始めたら学校行かなくても小説書いてればいいじゃんって思えて、ますます状況が悪化して、挙げ句の果てには家出してこのザマだよ、どう思う？」

「一気に言うなよ」

ただ、それも単純な話だ。なんとか理解はできる。

解決策も簡単――というか、複雑なやり方などない。

「家出をやめて、学校にも行けばいいだろう」

「それができれば苦労はないんだよ！」

「逆ギレすんな！」

そりゃ、俺も話の運びが強引なのは認めるが、奈楽香も意外にベラベラとよくしゃべるじゃないか。

なんか、流されて翼沙家で同居を始めた俺より、奈楽香のほうがしっかりしてるような気さえしてきたな。

「理衣奈はオーディション合格っていう目標があったが、奈楽香は特になにもないな」

「ないね」

「言い切るなよ。小説を大ヒットさせて、経済的にも独立して親からの援助なしで暮らしていけるようにするとか……」

「ぼく、まだ未成年だから。それに、どんなに大金があっても一人で生きていける自信、ないよ。一人で引きこもったら孤独死するのがオチだよ」

「不吉な未来をさらっと言うな。普通に生きてりゃ死にはしないだろ」

ただ、奈楽香が描く不吉な未来はともかく、彼女には親元にいても家出していても常に問題を抱え続けていることになる……。

「この問題、ゴールが見えん」

「あのー」

奈楽香はおずおずと手を挙げてきた。

「なんだ、奈楽香？」

「別に問題は解決しなくていいんじゃないかな……忘れないで、お姉ちゃんは雪月さんのオマケ、そんでぼくはお姉ちゃんのオマケなんだよ」

「……つまり、どうせオマケだから、理衣奈の問題が解決すれば奈楽香の家出も同時に終わるってことか？」

「そう」

「…………」

待て、微妙に話がおかしくないか？

「俺は、奈楽香の問題が解決してないから理衣奈も家出を続行してるんだと思ってたぞ」

「そうなの？　ぼく、あまり気にしてなかったから……お姉ちゃん、どうするつもりなんだろう？　わかんないや」

「わかってくれよ、そこは」

鷹耶姉妹も、相当に面倒くさいな……。

というか鷹耶姉妹の問題、もしかして解決する方法はマジでないのか？


「ただいまー」

「あれ、今の声は……」

「お姉ちゃんだね。メイドさんたちは間違ってもあんなイキイキとした声は出さないし」

「亜沙たちは別に感情が死んでるわけじゃないからな？」

一応、メイドたちに主として立ててもらっている身としてはフォローしておきたい。

それはともかく、いいタイミングで理衣奈が帰ってきた。

話のついでだ、理衣奈からも事情をあらためて聞いておこう。

「理衣奈、おかえり。いきなりで悪いが、ちょっといいか」

「わっ、真樹くん、奈楽香の部屋にいたの」

俺が廊下に出ると、制服姿の理衣奈が驚いた顔をする。

そこにはTシャツ一枚のはしたない格好をした奈楽香が――

「……あっ、ご、ごめん、邪魔して……」

「いや、誤解するな。奈楽香と変なことをしてたわけじゃない。そもそも、奈楽香一人と変なことをしたことはないだろ」

「それも凄い話だけどね……エ、エッチなことするとき、常に相手は二人以上とか」

「まったくだな……」

自分で言ってて、俺は頭おかしいのかと思ってしまった。

「いや、そうじゃなくて――」

とりあえず誤解は解けたので、理衣奈に事情を説明する。

「はー……〝書籍化〟っていうの？　そういうのって凄いわけ？」

鷹耶姉妹の部屋で、双子が並んで座り、俺はその向かいに座っている。

一応、奈楽香がプロの小説家だという話を理衣奈にも説明しているのだが——

やはりというか、理衣奈は小説の話はピンとこないらしい。

「凄い、というほどでもないかな。もちろん簡単じゃないけど、小説の投稿サイトもたくさんあるし、チャンスも多いから」

「へぇー」

そう言われても、理衣奈はよくわからないようで——ちなみに俺もあまりピンときていない。

小説を多少読むといっても、書く側の事情なんて全然知らないからな。

「そうだ、本を出してるなら実物があるだろ。よかったら、読ませてくれないか？」

「えっ……ダメ」

「ダ、ダメなのか？」

「そんなの、おっぱい見せるより恥ずかしいよ……」

奈楽香は本気で恥じらっているようで、前にエロいことをしたときより真っ赤になっている。

「ごめん、真樹くん。ウチの妹、こういうヤツだから」

「そうだったな……いや、俺の気遣いが足りなかった」

俺だってさすがに奈楽香のことを少しは知っている。

奈楽香のような引っ込み思案なタイプじゃなくても、自分が書いたものを人に読まれるのは照れくさいだろう。

俺だって、自分が書いた作文とか絶対に人に読まれたくない。

本になって出版される文章とは次元が違う話だとは思うが、要するにそういう感情だろう。

「か、感想とか言わないなら教えてあげるけど」

「どっちなんだよ」

言うことがコロッと変わりすぎだろ。

なんて思っていると、奈楽香がスマホを操作してその画面をこっちに向けてきた。

電子書籍のアプリらしく、小説の表紙が表示されている。

「あれ、このタイトルどこかで……あ、前に風華が読んでた恋愛小説じゃないか」

「えっ！　風華さんが読んでるの⁉　もう風華さんには近づかないようにしないと……恥ずかしすぎてもう顔を見られない」

「そこまで照れんのか」

というか、風華が普通に読んでた小説の作者がこんな間近にいたとは。

世の中、信じられないことでいっぱいだな。

「でも、マジで本が出てるんだな。奈楽香、すげぇな」

「アタシ、妹とはいえそんな人に脚本書かせてよかったの？」

「そ、そんなの全然いいに決まってるよ」

奈楽香は慌てながら、手をぶんぶんと振った。

「演劇のね、脚本を書かせてもらったのは……央くんたちへの恩返しでもあるんだよ」

「恩返し？」

「お姉ちゃんがオーディションに受かったのは、央くんたちのおかげだもん。短い演劇の脚本くらいなら筆が走ればすぐに書けるし……は、恥ずかしいけど頑張ったの」

「プロなんだろ？　書くのを恥ずかしがるもんなのか？」

「え、だって、小説と劇の脚本は全然別物だよ？」

奈楽香は「当たり前じゃないか」という顔をしている。

「俺には、いまいち違いがわからんが……」

「小説は人に文字を読まれるだけだけど、演劇は自分が書いた台詞を人に読み上げられるんだよ？　そんなの想像するだけで恥ずかしくて、頭が茹で上がっちゃうよ……」

「そ、そこまでのものか？」

そんなに照れるくせに、よく脚本を書こうって気になったな。

あるいは、姉の恩返しというのは奈楽香にとってはそこまで重要なことなのか。

「奈楽香は、理衣奈のことが本当に好きなんだな」

「はい、ぼくは姉が好きすぎるので一生つきまとおうと思ってるよ」

「い、一生はちょっと……アタシにも自分の人生ってものが」

さすがに理衣奈も妹の重たい愛情に引いているようだ。

奈楽香は引かれていると気づいていないのか、その姉を不思議そうに見つめている。

「はっ!?　いいの思いついた！」

かと思ったら、奈楽香は突然ノートPCを膝に乗せて猛烈な勢いでキーを叩き始めた。

カチャカチャと、映画で見かけるハッカーのような軽やかなタイピングだ。

「ど、どうしたんだ、奈楽香は？」

「よくこうなるのよ。アイデアが降ってきたら、もうお風呂の途中でも濡れたまま飛び出して、キーボードを叩き始めるんだから。それで二回、PC壊してるしね」

「……天才タイプって感じだな」

なんとなく親近感が湧いてきたな……奈楽香にではなく、理衣奈に。

俺の妹も天才タイプで、自分の思考に夢中になると周りが見えなくなるタイプだ。

「待てよ、奈楽香が家を出たのってその奇行のせいで追い出されたとかないよな？」

「あ、あくまで家出よ。まあ、奇行のせいで母親からはよく叱られてたけど……」

理衣奈もちょっとそう思っていたらしく、歯切れが悪い。

幼児じゃあるまいし、びしょ濡れのままで風呂から出てきたら、怒らない親はいないだろう。

奈楽香はそんな俺たちの会話はまるで聞こえない様子で、夢中になってキーボードを叩き続けている。

「いろんな意味で野放しにできないな、奈楽香は」

「ここはメイドさんがいるから、放っておけるけど……家に帰ると一人になるのよね、奈楽香。真樹くんも見たとおり、母親はせっせとTVに出てて忙しいし、父親は母親のマネージャーみたいにくっついてるし」

「理衣奈はこれからどんどん忙しくなるだろうしな……そういう意味でも家出はやめられないのか」

亜沙と優羽はプロのメイドなので、幼児のような少女一人の面倒を見るくらいは楽なもんだろうが。

「雪月たちもメイドたちもいいって言ってるし、俺も文句はないんだが……さすがにもう、家に帰ったほうがいいとは思うぞ」

「あー、それなんだけどね。実は今日、ユヅたちにも話そうと思ってたんだけど」

理衣奈は、妹のほうを見ながら苦笑する。

「オーディションに合格して状況が変わったっていうか。さっき、母親から電話が来たのよ」

「鷹耶の母親から？　ああ、多忙だって話だったが、時間ができたのか」

「そう、それで——『帰ってこなくていい』って言い出したんだよね。家出を認めたんじゃなくて、『ウチの敷居を二度とまたぐな』的なニュアンスね」

「はぁ!?」

「ダンスに反対されてた娘が、余計にダンスにどっぷりになってるわけだから、お母さんがマジギレするのもわかるけど」

「状況が変わったというか、悪化してるじゃねぇか！」

「まー、奈楽香のほうは帰りたくないみたいだから、姉としてはこれでいいんだけど……って、誤解しないでよ！」

理衣奈は今度は慌てたような顔になる。

「もちろん、いつまでも翼沙家に甘える気はないから！　なんなら、アタシがバイトして家賃を稼ぐとか！」

「本末転倒だ。家賃稼げるほどバイトしたら、ダンスのレッスンどころじゃなくなる」

「……真樹くんのお家、ラーメン屋さんなんだよね？　バイト募集してない？」

「してないし、バイトしてもたいして稼げねぇよ、ウチの店じゃ」

なにしろ親父は安く美味いのが町中華、という考え方だ。

利益をギリギリまで削ってる真竜《しんりゅう》がバイトの人件費なんて払えるはずがない。

「そんなことより、悪化したなら強引にでも問題を解決しないと。なんなら俺が一緒に親御さんのところに行って説得――って、ダメか。俺がこのツラで鷹耶たちの母親になんか言ったら話が余計にこじれる」

「あはは、優しいよね、真樹くん」

「……馬鹿にしてるのか褒めてるのか、どっちだ？」

「褒めてるんだよ。本当にごめんね」

「謝られるほどのことでも……」

「そうじゃないよ。アタシ、真樹くんのこと一年の頃から知ってたけどさ。普通に怖いヤツだと思ってた。悪いヤツだとすら思ってたかも」

「普通そう思うんだよ。別に気にしない」

「人を見た目で判断しちゃダメってこと。アタシも奈楽香もさ……た、ただ、自分の目的のためだけに真樹くんと……あ、あんなことしたわけじゃないから。その判断は間違ってなかったなって」

「そ、そうか……」

あらためて、カノジョでもない理衣奈と奈楽香とエロいことをしてしまったことを思い出して――恥ずかしくなる。

「もちろん、ユヅたちから真樹くんを奪う気とか全然ないから」

「俺も奪われる気はまったくないな」

それはもう、はっきりと断言できる。

俺のカノジョは雪月と風華だけだ。

たとえ雪月が俺に断りもなく舞台出演を決めたとしてもな！

「楽しそうなのよね、奈楽香」

「ん……？」

理衣奈は、今度は優しい視線を妹に向けている。

「奈楽香、実家で引きこもったときは、死んだ目でＰＣ触ってるだけでさ。ここにいると楽しそうなのよね」

「……楽しいからって、いつまでも実家に目を背けてはいられないぞ。俺が言うのもなんだけどな」

「真樹くんはちゃんと親の許可もらってるし、帰ろうと思えばいつでも帰れるんでしょ。アタシらとは全然違う」

「どっちにしろ俺だって立派なもんじゃない」

今のところ、俺こそ翼沙家におんぶにだっこの状態だ。

はっきり言って、ヒモと言われても反論できない状況なんだよな。

「真樹くん」

鷹耶はあらたまった口調で言い、ちらっと奈楽香を見てから、俺をまっすぐ見つめてきた。

「アタシも奈楽香も、学園祭が終わったら家に帰るよ。母親がなんと言おうとね」

「……そうか」

理衣奈が迷わず言ったところを見ると、今俺に言われたからじゃなくて既に決めていたんだろう。

奈楽香が書いた脚本で演じられる舞台――

小説のことがよくわからない理衣奈は、その舞台を見ることで妹が部屋にこもってなにをしているのか確かめようとしているのかも。

「待てよ？　奈楽香は一応、部外者だろ？　部外者が書いた脚本を使っていいのか？」

「もし『白雪姫』の舞台をやる場合、『白雪姫』の作者はウチの生徒じゃないでしょ。だったら、誰が書いても問題ないってことよ」

「……まあ、そうなのか？」

だいぶ屁理屈《へりくつ》だと思うが、脚本が誰かなんて教師たちも気にしないか。

その脚本も、雪月が手を入れると言っているしな。

「そもそも、ウチの学園祭は部外者の参加も許可されるのよ」

「え、そうなのか？　し、知らなかった……」

去年、まともに学園祭に参加してなかったからな。

「真樹くん、まだ脚本読んでないよね？」

「ああ、雪月が手を入れたら完成だっていうから」

俺の台詞は少ないらしいし、演技も「全員ぶち殺す」オーラを漂わせればいいだけってことだしな。

そんなオーラを漂わせられるかはともかく。

「実はさ、主役の双子たちを陰からサポートする怪しげな双子が登場するんだよね。でしょ、奈楽香？」

「え？　あ、うん、濃い目のキャラのモデルが身近にいたから、すっごく筆が走ったよ」

「お、おい、もしかしなくてもそれって……！」

6　双子メイドは制服が似合うらしい

「いえーい、亜沙《あさ》でーす。そういうわけでよろー」

「やっほ、優羽《ゆう》でーす。普段メイドやってるよー」

「……なんだ、その言葉遣いは？」

放課後の教室――

きちんと学校の許可をもらってきたとかで、双子メイドの姿があった。

「いえ、ナウでパリピなギャルのほうがウケがいいと思いまして」

「いつもの忠実なメイドだと構えられそうなので砕けてみました」

「そんなわけあるか。普通でいろ、普通で」

亜沙と優羽の普通は世間一般の普通からはかけ離れているが、演技する必要はないだろう。

これからやるのは演技だけどな。

「えー、せっかく頑張って役作りしてきたのにー」

「私たちが現役ギャルになってもいいでしょうー」

「おまえらが楽しんでるのはよーくわかったよ」

双子メイドは二人揃ってＷピースなどしている。

こいつらこんな無表情キャラだけど、意外とノリがいいんだよな……。

勝手に俺との〝事後の写真〟を風華《ふうか》に送って遊んだりとかするしな！

「しかし、その格好は……」

「けっこうイケてると思っています」

「私たちも女子高生には負けません」

「……まあ年齢的には女子高生だしな、亜沙と優羽も」

そう、亜沙と優羽はいつものメイド服ではなく——

ウチの高校の制服をしっかりと着ている。

半袖の白ブラウスにリボン、お揃いのノースリーブのニット、チェックのミニスカート。

セミロングの銀髪という珍しい髪色も、意外とこの制服姿にマッチしている。

この双子メイドは、俺たちより一つ年上なだけで、年齢的には高校三年生だ。似合っていてもまったく不思議はない。

亜沙と優羽は自宅学習で、海外の有名大学卒業レベルの学力を身につけたらしく、現在はメイドの仕事のみで学校には通っていない。

だから制服姿を見るのは初めてなんだが……。

「しかし、二人ともわざわざ練習にまで参加してくれるとは」

二人の仕事はマンションの翼沙《つばさ》家の家事で、多少時間をつくることはできるだろうが。

「お嬢様とご主人様のお呼びとあらば、これも業務の一環です」

「タイムカードは切らずに学校に来ています」

「タイムカードなんて使ってねぇだろ」

さてはこの双子メイド、適当にしゃべってんな？

住み込みで働いているメイドが時給制で仕事をしているわけがない。

「一応、脚本は拝見してきました」

「あれ、俺はまだ脚本を受け取ってないぞ」

「真樹《まさき》さまの部分はまだ書き上がっていないそうです」

「雪月《ゆづき》さまは真樹さまの台詞はきちんと仕上げたいと」

「はぁ、まあ台詞少ないってところが変わらなきゃ別にいいんだが」

俺は記憶力は悪くないので、すぐに覚えられるだろう。

「私たちは毎度唐突に現れて、思わせぶりな台詞を吐く役目です」

「正体を明かさずにフェードアウトするところが気に入ってます」

「割と適当なシナリオだな」

十五分程度の舞台となると、伏線を張るだけ張って解決せずに終わるのもやむなしか。

なんにしても雪月と風華のような美少女が主演であれば、それだけでウケるだろう。

おまけにこの双子メイドも出てくれるなら、ラスボスなんていらないくらいだ。

この双子メイドは瓜二つな美貌の持ち主で、それに加えて独特なオーラを放っている。

ステージで映える人材なのは間違いない。

周りのクラスメイトたちも双子メイドに興味津々な様子だが、独特なオーラと俺がいるせいか、近づいてこない。

「下手したら、見た人のトラウマになりそうだな。ミステリーとかでも不気味な双子って、よくあるモチーフだよなあ」

「トラウマ？」

「不気味？」

「あ、いや、言葉の綾だ。悪い意味じゃない」

亜沙と優羽にジト目で見られて――いつもの目だが、わずかに不満が感じられる――俺は慌てて首を振る。

「そうですか、我々の美貌を褒めてくださったのですね」

「お礼に今夜は、真樹さまが枯れるまで搾《しぼ》り取りますね」

「搾り取る!?」

完全に仕返しに来てるじゃないか！

俺に枯れるときが来るのかどうか、定かじゃないけどな。

「あ、真樹さま。ネクタイが曲がってます」

「いや、普段からちゃんと締めてない。おい、優羽、いいって」

優羽が手を伸ばして、俺のネクタイを直してくる。

「いいえ、ラフに締めるにしても締め方というものがあります」

「そ、そうか？」

優羽が丁寧な手つきでネクタイを直し、満足したように頷いた。

遂に双子メイドが俺の服装まで手を出すようになってきたか……そのうち着替えまで手伝うとか言い出さないだろうな？

「ああ、真樹さま、少し制服のサイズが合わなくなってるかもしれません。今度、全身のサイズを測り直しましょう」

「え、マジか？　まだ成長してんのかな……おい、亜沙、今測らなくていいって」

今度は亜沙が俺の肩まわりや腰のあたりを触って確かめている。

クラスのみんながいるところで、あまりベタベタ触られると――

「え、真樹くん、あの双子さんの見分けがつくの？」

「マジかよ。真樹くん、双子と付き合ってるからそんな特殊能力が？」

「つーか、翼沙さんたちのメイドさんなんだよな？　カノジョたちのメイドもモノにしてるとか王様か？」

……俺、コワモテだから怖がられるだけじゃなくて、別の誤解も発生しているような。

亜沙と優羽の見分けがつくようになって、こんなことになるとは。

「さー、おしゃべりはここまで！　外部からの役者さんも来てくれたんだから、さっさと稽古始めるわよ！」

雪月がぱんぱんと手を叩きながら、教卓のところに立つ。

「練習は撮影してみんなで共有するからね！　気になったところはみんな、バンバン意見よろしく！　映像を撮るんだから気を抜かないようにね！」

雪月、仕切るなあ。

というか練習風景の撮影までするのか。

よく見ると、三脚に取り付けたスマホが用意されている。

撮影されるとなると気を抜けないし――

「亜沙たちも毎日来られるわけじゃないもんな。時間は無駄にできないか」

そういうわけで、本格的に劇の稽古が始まった。

俺も台詞はまだだが、仮の脚本で参加することになった。

鷹耶奈楽香《たかやならか》による演劇『ちぇんじりんぐ！』は双子の入れ替わりの話。

中世ヨーロッパに似た世界が舞台で、主役はその小国の貴族に生まれた双子。

男女の双子で、女子でありながら男らしい姉が男装して騎士になり、男子でありながらおとなしい弟が女装して宮廷の女官になる。

姉を雪月が、弟を風華が演じている。

もっと言うなら雪月が男っぽい女子を、風華が女っぽい男子を演じているわけだ。

宮廷には王を傀儡《かいらい》とする悪の宰相がいて、王国を乗っ取る陰謀を進めている。

その悪の宰相を演じるのが俺で、時々現れては意味ありげな振る舞いをするくらいで、台詞はほとんどない。

双子はそれぞれ騎士と女官という立場で、悪の宰相と戦うことになる。

といっても、悪の宰相はオマケみたいなもので、入れ替わった双子の立ち回りがメインだ。

騎士になった姉が宰相の部下たちを相手に斬り合いをしたり、女官になった弟が女官たちと百合のような恋愛をしたりと。

百合というのは女子同士の恋愛で、流行っているそうだ。俺は知らん。

「ふむ……この話を奈楽香が考えたのか」

短い話でありながら、男女の双子の台詞はイキイキしていてインパクトが強い。

その他大勢の短い台詞までしっかりと考えられていて、話に深みを与えている。

あの弱々しい奈楽香の頭から、こんな話が出てきたのか……失礼だが、人は見かけによらないな。

俺だって人から誤解されやすいタチなんだし、見た目で判断するのはやめよう。

「ちょっと、真樹！　なにしてんの！」

「あ、ああ」

雪月に呼ばれて、俺は答える。

俺の出番だ——といっても台詞はほとんどないし、ただ不敵な笑みを浮かべたり、男装騎士と女装女官に近づいて壁ドンして圧をかければいいだけだ。

普段はそんな表情しないし、壁ドンなどもやったことはないが、俺はただそこにいるだけで圧迫感があるらしいからな、悲しいことに。

余計なことは考えずに、自然に演じてみよう。

たぶんそれで、なんとかなるはずだ——

「我々が思っていた以上の素晴らしい演技でした、真樹さま」

「近くで見ていただけの女子が泣き出すほどとはさすがです」

「………」

舞台の稽古は一時間ほどで終わり――

俺はすぐに帰る気になれず、双子メイドに連れられて空き教室に来ていた。

雪月が正式に許可をもらって使わせてもらっているという、例の空き教室だ。

その雪月はまだ衣装の打ち合わせがあるとかで、風華とともにクラスの教室に残っている。

「いや、久しぶりに……マジで俺ってこんなに怖かったんだなって思い知らされた」

俺は空き教室の椅子に座り、わかりやすく肩を落としてしまっている。

すぐに帰る気になれなかった理由は、双子メイドたちが言ってくれた。

泣き出した女子は一人だけだったが、他のクラスメイトたち――男子ですらも俺の演技にビビっていた。

俺はただ、〝全員ブチ殺す〟的なオーラを漂わせて不敵な笑みとやらを浮かべただけだ。

言うまでもなく、俺に演技力などない。

ほとんど素《す》だったのに、周りで見ていただけのクラスメイトたちを怖がらせてしまうとは。

「顔のつくりはそこまで怖くないと思うんだが……なんだろう、雰囲気なのか？」

「実は、私たちもたまに怖いと言われることはあります」

「ご覧のとおりの表情に乏しい顔ですので、私たちも雰囲気ですね」

「……いや、亜沙と優羽の場合は〝怖いくらい美形〟ってだけだろ」

本気で亜沙と優羽を怖がるような人はいないだろう。

ただ、顔が良すぎて無表情なところが近寄りがたさを感じるだけで、俺みたいに人に泣かれるわけでもない。

むしろ、たいていの人間は双子メイドに見とれてしまうだろう。俺とは違う。

「俺、降板したほうがいいんじゃないか？　どうせ台詞も少ないし、他の男子でも……」

「ご冗談を、見ていただけの女子が泣き出すほどの悪役を手放すのは悪手です」

「真樹さま、悪役のほうが難しいものなのですよ。天然でできるのは才能です」

「……喜んでいいのかわからんな」

だが、亜沙たちが言っていることも正論だ。

残念ながら、俺が悪役にぴったりなのは間違いないだろう。

そもそも奈楽香はアテ書きとやらで、俺を想定して悪の宰相を書いたのだろうし……。

「やるしかないのか……」

「「真樹さま」」

「え？」

椅子に座った俺のすぐ前に、亜沙と優羽が立つ。

「はぁっ♡」

甘い声が優羽の唇から漏れる。

俺は優羽の太ももの間でペニスをぐいぐいとこすっていく。

うおっ、すべすべした感触とぷにぷにした柔らかさがたまらない……！

「亜沙、おまえも……」

「はい……私の身体もどこでもお好きにどうぞ……あっ♡」

さっきたっぷり吸わせてもらった亜沙の乳首を再び味わい始める。

ズリズリと双子妹の太ももの感触をペニスで味わい、双子姉の乳首を吸う――こんな贅沢をしていいのか。

「ああっ、お尻と違って……あんっ、太ももがくすぐったくて……変な感じです……！」

「真樹さま……優羽が本当に気持ちよさそうに……ありがとうございます」

「礼を言われることじゃ……うっ、ないだろっ……」

俺は太ももの間に突っ込んでいたペニスを上に移動させて――パンツ越しにその部分をこすっていく。

「はうっ、そこは、し、刺激が強すぎて……あっ、あっ……！」

「んんっ！　ま、真樹さま、乳首、強く吸いすぎです……！」

俺は優羽のパンツ越しにそこをしつこくこすり、亜沙のFカップおっぱいにむしゃぶりつくようにして舐め回し、吸い上げる。

いる。

優羽はびくびくと身体を震わせ、快感に耐えているようだ。

胸を愛撫されている亜沙も相当に感じているが、優羽のほうがさらに大きな甘い声を上げている。

「ふあっ、あっ、うああっ……！」

「んっ、んっ、ああっ……ま、真樹さまっ……！」

「くっ、まずは優羽に……うっ！」

俺は早くも我慢できなくなり、ペニスから迸《ほとばし》ったものを優羽のパンツをはいたままの尻にぶっかけてしまう。

「あっ、ああ……あ、熱いのが……こんなに……私のお尻、真樹さまのがいっぱい……」

「それでは……も、もう一度……お尻でご奉仕いたしますね……」

「えっ、あ、おい、亜沙……」

亜沙が俺をまた椅子に座らせて、制服姿の双子が尻をくっつけ合うようにして——ペニスを挟み、ぐいぐいとこすってくる。

また尻肉の感触がたまらん……太ももとは違って、こちらもまた気持ちいい。

「はっ、あっ、また大きく……んっ♡」

「私たちのお尻も、気持ちいいですか♡」

「あ、ああ……すげぇ……」

双子メイドの尻でのペニスへの刺激はやはり強烈でたまらない。

太ももに続いて、またあの尻でペニスをシゴかれるとは……こんなの二度目もあっという間に終わってしまう……！

「くっ……こ、今度は亜沙の太もも……！」

「は、はい……ど、どうぞ……♡」

俺はまた立ち上がり、亜沙の細い身体を正面から抱き寄せて――

今度はまっすぐ向き合ったままペニスを太ももの間に差し込み、また水色パンツ越しに秘部をこすらせてもらう。

「あっ、こ、これですか……ゆ、優羽、こんな気持ちいいこと先にしてもらったんですね」

「ごめんなさい、亜沙……んっ、あっ、今度は私のおっぱい……♡」

俺は亜沙の秘部をパンツ越しに味わいながら、優羽の胸を揉み、乳首を指でつまんでコロコロと転がす。

Ｆカップおっぱいのボリュームを楽しんで揉み、さらに亜沙の太ももの間と熱い秘部をペニスでシゴいて楽しませてもらう。

「はっ、あっ、私、こんなのは……が、我慢できません。申し訳ありません、真樹さまっ、私、はしたないメイドで……！」

「あっ、亜沙っ……あんっ、私もはしたないメイドですっ……んっ！」

きゅっと乳首をつままれた優羽が大声を上げる。

はしたない双子メイド――こんなに淫乱にしてしまったのは俺かもしれない。

俺はさらに腰を激しく動かし、優羽の胸を荒々しく揉む。

ズリズリと秘部をこすり、ペニスを下から突き上げるようにして荒っぽく動かし——

「あっ、あっ、刺激、強すぎですっ、真樹さまぁ……！」

「亜沙のここも熱すぎて……！　くっ、俺、また……！」

「ど、どこでもお好きなところに……！　わ、私でも、優羽でもどちらでもっ……！」

「おお……ど、どこでもいいのか……」

俺は亜沙の太ももの間をさらに激しくこすり、先端をぐっとパンツ越しに押しつけるようにして——

「い、いけません、真樹さまっ、それでは……は、入っ——ああっ♡」

びくびくっ、と亜沙は大きく身体を震わせたかと思うと、その場に座り込んでしまう。

俺はとっさにまだそばに立っていた優羽のほうを抱き寄せて——

「はぅっ♡」

優羽の細すぎるほどの腰を掴み、しっかり抱いて——またペニスの先端を、ぐっと優羽のパンツ越しのそこに押しつけた。

「あぁっ……い、いけません、今度は私のそこに入っ——あああああっ！」

わずかに優羽のパンツをズラすようにして、ペニスの先端が優羽のそこに直接触れ合ってしまったかと思うと。

俺は一気にすべてを吐き出してしまう。

パンツ越しではなく、まるで液体をそこに注ぎ込んでしまうかのように——

「は、はぁっ……ま、真樹さま……今のは危なかったですよ」

「え、ええ、私のにも……優羽のにも入りそうでした……」

「わ、悪い……つい夢中になって」

まだ雪月と風華、どちらのすべてをもらうか決められていないのに。

まさか、亜沙と優羽、双子のどちらかの初めてを先にもらうわけにはいかない。

「は、はぁ……私の前も後ろも……ド、ドロドロになってしまいました……」

そのとおり、優羽のパンツは前も後ろも俺が吐き出したものですっかり汚れてしまっている。

夢中になって成り行きでそうなったとはいえ、二回とも優羽で終わりにしてしまったか……。

「だ、大丈夫です……私たちはメイドですから。常に準備は怠っていません……」

「優羽の下着もきちんと予備を用意してありますので……なんでしたら、もう一度優羽のそこに放っていただいても……かまいませんよ？」

「亜沙がＯＫするのかよ」

優羽の前にも尻にも出したのだから、今度は亜沙の番——と言いたいところだが、さすがにこれ以上学校で続けるのも気が引ける。

「いや、もう充分だ。たっぷり楽しませてもらったからな……制服姿の亜沙も優羽も可愛かった。最高だったぞ」

「いいえ……真樹さまにとっての最高はいつでもお嬢様たちです」

「私たちはあくまでお嬢様のために真樹さまにお仕えしていますから……あっ♡」

亜沙に続いてそう言った優羽が、小さな声を上げた。

ドロドロの液体が、優羽の白い太ももを伝ってこぼれ落ちて行っている。

「ですが……真樹さまは優羽のほうがお気に入りになっているようですね」

「え？　い、いや、そんなことは……」

ない、と否定するのは優羽に失礼だろうか。

亜沙の身体も充分楽しませてもらったし、最後が二回とも優羽になったというだけなのに。

だが、二回とも亜沙のほうで終わらせることもできたはず……。

「ま、真樹さま……私、もっとご奉仕しても……いいですよ？」

「………」

その優羽は、汚れた水色のパンツをずるっと下ろした。

かなり際どいところまで見えてしまっていて――俺はごくりと唾を呑み込む。

そういえば、俺との事後写真を風華に送って遊んでいたのは優羽のほうだったな……。

別に亜沙と優羽、双子メイドのどちらかを贔屓《ひいき》するつもりは全然ないのに。

俺はダブルマインド、二人の女子を同時に平等に可愛がることができるはず。

なのに――俺と双子メイドの関係は、変わり始めているのか……？

7　家出双子は覚醒したらしい

舞台稽古を終えて、メイドたちとともに帰宅後――

雪月《ゆづき》と風華《ふうか》も遅れて帰宅し、夕食を終えると手持ち無沙汰になった。

「なあ雪月、なにか手伝わなくていいのか？」

「ああ、大丈夫大丈夫。この仕事はあたしがやりたくてやってるんだから」

雪月はリビングのテーブルで大画面のタブレット端末を使い、ペンでなにか書き込んでいる。

舞台の奥に置いて背景を表現する〝書き割り〟のデザインを決めているらしい。

クラスの美術部部員がラフを描き、それに雪月が自分のイメージをもとに加筆しているようだ。

今、雪月が描いているのはメインの舞台となる宮廷の〝謁見《えっけん》の間〟らしい。

赤いカーペットが敷かれた部屋の奥に、王様が座る玉座が置かれている。

玉座の間じゃないのか、と思うがその辺はゆるく設定されているようだ。

「あれ？　雪月、絵が上手いんだな」

「まあ、小さい頃に絵もちょろっと習ったからね」

雪月が描いているタブレットの画面を覗き込むと。

ラフの上に赤い線で描き直しされているが、玉座の装飾や壁に貼られたタペストリーなど、細かい加筆がされている。

　美術部員が描いたラフと比べても遜色ない精度で、雑なようでなにが描いてあるのかはっきりとわかるレベルだ。

「雪月、なんでもできるんだな……」

「ちなみに風華も描けるわよ。別の書き割りを風華に任せてるから」

「はい、今修正中です」

　風華は雪月から少し離れたところで床に座り、スマホを操作している。

　ネットでも見てるのかと思ったら……。

「わたしは新参の転校生で、美術部員さんが描かれた絵に直接修正を入れるのは恐れ多いので。チェックして、文字で修正案を提案させてもらってます」

「風華、けっこう気を遣うんだな……」

　だが、人様が描いた絵に書道で朱筆を入れるみたいに直すのは気が引けるのはわかる。

「それに、こちらは主役の双子の実家の絵ですが、舞台ではあまり使わないのでざっくり描くことになってます」

「あー、なるほどな。制作カロリーを考えれば当然か」

　そもそも、舞台に置く書き割りを二枚も用意するだけで大変だ。

　一番長く使われる謁見の間のほうに労力を割くのは当然だろう。

「って、俺は台詞もほとんど無し、裏方作業も手伝ってないとか楽をしすぎだろ！」

「ああ、真樹《まさき》はもしかして仕事がほしいの？」

雪月はタブレットの画面から目を離して、こっちに視線を向けてきた。

「絵を描けって言われたら困るが、力仕事とか単純作業とかあるならいくらでもやるぞ」

「というか真樹に限らず、男子はチョイ役で出てる人以外、まだなんもしてないのよね」

「当日も力仕事はあまりなさそうですよね。模擬店ならともかく、特に重い物を運ぶ必要もなさそうですし」

うーん、と雪月と風華がアゴに手を当てて、まったく同じ仕草で悩んでいる。

「真樹は男子で一番出番が多いんだから、仕事量も多いほうよ？」

「真樹さんの役は代わりがいませんしね。貴重な人材ですよ」

「……なんか生きてるだけで偉い、みたいな話だな」

もしかしなくても、俺は相当に甘やかされてるんじゃないだろうか。

というより、ウチのクラスの女子たちがやる気がありすぎるのかもしれない。

実は雪月と風華だけでなく、クラス女子たちはみんな楽しんで準備を進めているようなので、邪魔をするのもはばかられるんだよな……。

無理に「なにか仕事くれ」というのも、それはそれでよろしくないか。

「それより真樹はさ、リィとにゃらの面倒見てきて」

「え？　鷹耶《たかや》姉妹の面倒って……なんか必要なのか？」

最近、雪月は奈楽香《ならか》を〝にゃら〟とあだ名で呼んでいる。

それはいいんだが、鷹耶姉妹は今のところ家出していることを除けば特に問題はないはず。家出というのも大概デカい問題だが、だいぶ慣れちまったからな……今や鷹耶姉妹が隣にいるのが当たり前になった感じすらある。

「さっき、にゃらにも今日撮影した動画を送ったのよ。隣行って、感想聞いてきてくれる？　問題があるとしたら真樹のトコって気もするし」

「……そうだったな」

俺は台詞も決まってないし、演技もほとんど素《す》のままで特になにもしていない。

脚本家であり原作者である奈楽香の意見を聞いておく必要はあるだろう。

「リィもレッスンでいろいろ大変みたいだから、気にかけてやって」

「わかった、じゃあ聞いてくる。雪月たちもあまり根を詰めすぎないようにな」

雪月と風華は笑って頷き、ひらひらと手を振ってくれた。

なんだか子供のお使いみたいな役目だが、なにもやることがないよりマシだ。

時刻は午後九時、もう理衣奈《りいな》も帰っているだろう。

「あっちは……」

ちらっとキッチンのほうに目を向ける。

双子メイドはさっきから、翼沙姉妹の部屋のキッチンで明日の食事の仕込み中だ。

真竜《しんりゅう》でも店を閉めたらすぐに明日の分の仕込みを開始していたので、俺には見慣れた光景だったりする。

料理をする人間っていうのは、毎日大変な仕事をこなしているんだよな。

俺も毎食感謝して、ありがたく食べさせてもらわないと。

そんなことを思いつつ、合鍵でメイド部屋のドアを開ける。

女子四人が暮らしている部屋なので、ちょっと入りにくくはあるんだよな……双子メイドだけじゃなくて、鷹耶姉妹も俺が入ってきてもまるで気にしてないが。

あいつら、いくらなんでも無防備すぎるんじゃないか……？

「うおっ!?」

メイド部屋に入った途端、思わず声を上げてしまった。

玄関を上がったところに、なにかが転がっていた――

「り、理衣奈？」

「あー……真樹くん。いらっしゃい……」

転がっているのは鷹耶理衣奈だった。

上は赤いTシャツで下は制服のスカートというラフな格好で、「かろうじて靴を脱いで、そこで倒れた」という感じだ。

「おまえ、ダンスのレッスン行ってきたんだよな？　玄関で倒れるほど消耗してんのか……」

「まあね……せっかく掴《つか》んだチャンス、無駄にできないでしょ」

理衣奈はそこでようやく身体を起こし、その場に座った。

「ふぅ、ちょっと休んで回復したし、今日のレッスンのおさらいをしないと」

「待て待て！　そんな疲れてんのにまだ練習する気か！」

「鍛えてるから大丈夫よ。そんなヤワじゃない。復習はその日のうちにやらないと、身につかないのよ」

「そ、そうだとしても少しは休んでくれ」

雪月が言ってた意味がわかった気がする……。

どうも理衣奈は無茶をしすぎるようだな。双子メイドでは立場的にたしなめにくいだろうし、俺が言うしかないのか。

「違う、そうじゃない、央《なかば》くん！」

「え？」

「えっ、奈楽香？」

いつの間にか奈楽香が現れていて、俺たちのすぐそばに立っていた。

いつもどおりノーブラのTシャツ一枚という格好で、今日も乳首が浮いている。

「そうじゃないよ、央くん！」

「は？　そうじゃないってなんの話だ？」

「そうじゃなくて、そこは弱ったお姉ちゃんを押さえつけてガシガシ言葉責めしながら犯すところでしょ!?」

「おまえはいったいなにを言ってるんだ!?」

そんなもん、ただの犯罪じゃねぇか！

もちろん俺は、弱った女子を強引に組み敷いて乱暴を働くような男じゃない。

「あー、奈楽香がヤバいモードに入ってるね……」

「おい理衣奈、他人事みたいに言うな！　姉貴だろ、なんとかしろ！」

「夢中になると止まらないんだって。アタシも同じだから倒れてたんだけど」

「自分のことまで他人事みたいに言うなよ……」

そうだった、俺は理衣奈をたしなめようとしてたんだった。

妹のほうまで加わって、意味不明なことを始められては困る。

「どうしたんだ、奈楽香。なにかあったのか？」

「さっき、雪月さんから今日のお稽古の映像が送られてきたんだよ」

「あー、そうだった。俺、奈楽香にその感想を確認しにきたんだった」

玄関に入ったらいきなり理衣奈が倒れてたもんだから、用件が頭から消えていたな。

「央くん、よかったよ、悪の宰相の演技。あんなあくどい顔できるなんて凄い。もしかして、人殺したことある？」

「あるわけねぇだろ！」

悪人ヅラで生きてきたが、そんなストレートに訊かれたのは生まれて初めてだ。

「天然であの顔かー。ぼく、小説家としてまだまだだって実感したよ」

「奈楽香、なにを考えてんだ……？　俺はただ、普段どおりのツラでそれっぽく振る舞ったってだけで」

「それが凄いんだよ！　実はぼく、悪役を書くのは苦手だったんだけど、央くんの演技を見て目が覚めた！」

「め、目が覚めたって？」

「悪人はもっと悪人として書いたほうがリアリティ出るんだよ。弱ってるお姉ちゃんを見たら、犯しちゃうくらいの悪人を書きたい！」

「おまえ、大丈夫か⁉」

その犯したい相手って、奈楽香の双子の姉貴だぞ！

「だから央くん、もっと悪い顔を見せて」

「これよりあくどいツラをするなんて無理だろ……」

「ぼくの〝悪の宰相〟は〝魔王〟のイメージなんだよ！」

「まおう？　ああ、魔王か。まあ、そんなイメージだろうな」

普段あまり聞かないワードだから、一瞬わからなかった。

俺はゲームとかやらないし漫画もあまり読まないが、さすがに魔王くらい知ってる。

奈楽香は、俺に魔王みたいに振る舞えって言ってるのか？

「雪月さんが悪の宰相の台詞修正で苦戦してるっていうから。ぼくも考えてみるよ。そのためには、もっと怖い央くんを見たいんだよ」

奈楽香は真面目な顔で言って、俺に顔を寄せてくる。

こんな真剣な奈楽香を見たのは初めてだ……。

「だからぼくに命令して！　魔王様みたいに！」

「そう言われても……俺、魔王の知り合いはいないぞ」

「あー、魔王みたいな真樹くん、いいかも。アタシ、最近普通にダンスのレッスンばっかしてて、また色気が消えてきた気がするし……」

「理衣奈までなにを言ってるんだ……魔王ってどうしろっていうんだよ？」

俺は、床に座ったままの理衣奈、まじまじと俺を見つめてきている奈楽香の二人の顔に視線を向ける。

「お姉ちゃん、どうしたらいい？」

「アタシに丸投げ？　でも、そうね。こういうのはアタシが考えないと」

理衣奈はそう言うと、すぐになにか思いついた顔になった。

「そうね……アタシ、汗を流したいかも」


このタワマンの部屋は広いが、風呂場の広さはさほどでもない。

翼沙家の本家の風呂と比べれば、窮屈とさえ言えるレベルだ。

高校生三人が入るには狭いが――一般的なご家庭の風呂よりは広いのも事実で、三人で入れないというほどでもない。

「さ、さすがにアタシ、裸は恥ずかしいかも……」

「お、お姉ちゃんはそこまで無理しなくても……」

「……………」

俺は思わず黙り込んでしまう。

メイド部屋の風呂の洗い場、椅子に座って待っていたら。

タオルで前を隠した鷹耶姉妹が、ゆっくりと入ってきた。

「あ、あんま見ないでよ、真樹くん。お風呂はガチで恥ずいわ……」

理衣奈のほうはタオルで胸も下も隠れているが、細くてしなやかな太ももが見えているだけでもエロすぎる。

「ぼ、ぼくのほうは……す、好きに見て。ううん、見せろって命令してほしい」

「無茶言うなよ！」

奈楽香もタオルで胸と下を隠しているが、Ｈカップの大きすぎる胸は隠し切れていなくて乳房が溢れ出しているかのようだ。

陥没した乳首と大きめの乳輪がエロすぎて、おまけにぷるんぷるんと揺れている。

「だいたい、『風呂に一緒に入る』って言い出したのは理衣奈だし、奈楽香もソッコーで同意したよな？」

俺が鷹耶姉妹に一緒に風呂に入れって強制したみたいな流れになってないか？

「だ、だって、今回の『ちぇんじりんぐ！』のためだけじゃないんだよ。ぼくが作家で生きて行くにはここが踏ん張り所だと思うんだよね」

「俺に悪党を演じろっていうのか……ああ、わかったよ」

そうだった、雪月と風華が言ったようにノリがいいのが俺のいいところだったな。

こんなイカレた状況でも、いつまでもグズグズしているのは俺らしくない——

「奈楽香、俺のをその胸で挟んでシゴいてく——シゴけ」

「う、うん」

「理衣奈はおっぱいをボディソープで泡立てて、後ろから俺の背中を胸で洗え」

「は、はいっ」

なにを言ってるんだか、俺は。

二卵性の双子姉妹は、それぞれ顔を赤くしながらもこくこくと頷いてくれた。

そう素直に命令を聞かれると、逆にやりにくいが——

これで奈楽香が満足して、理衣奈が色気を身につける役にも立つならやるしかない。

「じゃ、じゃあ、ぼくがおっぱいで挟んでシゴくよ……」

「おお……」

奈楽香は椅子に座った俺の前で跪《ひざまず》き、既にガチガチになっているペニスをぱふっと胸で挟み込んできた。

もちろん奈楽香は既にタオルを外して、一糸まとわぬ姿になっている。

Hカップの圧倒的ボリュームのおっぱいは、俺のペニスをすっかり包み込んで、ズリズリとこすってくる。

「うっ、やっぱり凄いな奈楽香の胸は……も、もっと強くこすれ」

「は、はぁい……わ、わかりました。こうしたら、いい……？」

奈楽香はおっぱいでペニスを丸め込むようにして、包んでこすってくる。

柔らかさとこすられる刺激が同時に襲ってきて気持ちよすぎる……！

「ア、アタシのほうも……こんなのでいいの？」

「ああ、Ｃカップのおっぱいも気持ちいいな……」

理衣奈が俺の後ろから抱きつき、ぷるっと柔らかいおっぱいを押しつけ、背中を上下させている。

ボディソープをつけているために、ズルッズルッとスムーズにおっぱいで背中を洗えているようだ。

「こ、こんなエッチなご奉仕みたいなこと……ア、アタシたち、メイドじゃないのに」

「メイドじゃないのに、ぼくのおっぱいでご奉仕して……んっ、すっごいよ……」

双子メイドにだって、風呂場でのこんな奉仕はしてもらっていない。

まさか、クラスメイトの鷹耶理衣奈におっぱいで背中を洗ってもらい、つい最近知り合ったばかりの鷹耶奈楽香のおっぱいでパイズリしてもらえるなんて。

「んっ、央くんのおっきいよ……びくびくってして……あっ、ふぁっ……ちょ、ちょっと出てる……あっ、顔にっ♡」

「ま、まだだからな……」

少し溢れ出したものが、奈楽香の顔にかかってしまっている。

双子美少女のHカップとCカップに、前と後ろから同時に責められれば先走ってしまうのも当然だろう……。

「んっ、これ可愛く見えてきちゃったよ……んちゅっ♡」

「くっ！」

奈楽香がしっかりとおっぱいで挟んだペニスの先端に、ちゅっとキスしてくる。

ここでさらに刺激を加えてくるとは──

「ア、アタシの胸だって気持ちいいでしょ……ふあっ、あっ、んっ♡」

「ああ、理衣奈のおっぱいもすげぇ……こんな快感が味わえるなんて……」

理衣奈は後ろから俺にぎゅっと抱きついてきて、おっぱいで背中をこすってくる。

クラスの美少女ギャル、鷹耶理衣奈が風呂で俺に胸を使って奉仕してくるとは……こんなことと、夢にも思ったことはなかった。

「くっ、ま、まずは一回……いいか、奈楽香っ！」

「う、うんっ、ぼくの胸で……いっちゃって……！」

「…………っ！」

奈楽香がひときわ強く胸でペニスをこすり上げてきて、俺は我慢しきれずに──

こらえていたものを一気に吐き出してしまう。

飛び出したドロドロの液体が、奈楽香の可愛い──弱気そうな顔を汚していく。

「は、はぁ……さっきのより熱い……央くんの、いっぱい、こんなに……」

「な、奈楽香……」

後ろにいた理衣奈が前に戻ってきて、液体で汚れた妹の顔を心配そうに見ている。

「まだ終わりじゃないぞ、理衣奈、奈楽香」

そうだった、今の俺は魔王だったな。

一回、妹の顔にぶっかけた程度で終わっていては役目を果たせない。

「次はどうするか……」

「あの、真樹くん」

「ん？」

理衣奈が俺の前に座り、太ももを軽く撫でてくる。

「そこに大きいマットがあるの、気になってんだけど……」

「うっ……それは気づかないフリをしてたんだが。亜沙と優羽の仕込みか」

銀色の大きなマットが風呂場の隅に立てかけてある。

ネットで見たことはあるので使い方はわかるが――まさか、双子メイドはこんな事態を想定して用意してあったのか？

いや、さすがに自分たちで俺へのサービスのために使うつもりだったんだろうけどな。

「うおお……」

仰向けに寝転んだ俺に――

似ていない二卵性の双子、鷹耶理衣奈と奈楽香の二人がHカップとCカップのおっぱいを俺の胸に押しつけて。

ズリッズリッと柔らかい四つのおっぱいが俺の胸板をこすっている。

ペニスで奈楽香のおっぱいを味わい、背中で理衣奈のおっぱいを味わってきたが、こうして正面からこすられるのもたまらない。

なにより、理衣奈と奈楽香、強気そうな姉と弱気そうな妹の整った顔が二つ、間近にあるのが嬉しすぎる。

鷹耶姉妹、やっぱり飛び抜けて可愛いんだよな……。

「ど、どう、真樹くん？　こ、こういうのも気持ちいいの……？」

「あ、ああ……背中を洗ってもらうのもよかったが正面向いてっていうのも……いいな」

「な、なんでもいいんじゃないの。じゃあ、もっと……あんっ♡」

「ぼくなんかのおっぱいでも喜んでくれるし……んっ♡」

理衣奈も奈楽香も、さらに速く俺の胸をおっぱいでこすってくる。

ズリズリと柔らかすぎる二人のおっぱいの感触が……！

「や、やっぱり理衣奈のほうが動きがいいな……」

「それは当たり前でしょ……んっ♡」

「お、お姉ちゃんは鍛え方が違うから……ぼくは柔らかさと大きさで勝負するね」

「それズルくない!?　アタシ、頑張っても絶対に奈楽香に勝てないじゃん……！」

そう言うと、理衣奈はさらにスピードを速め、時々俺の顔におっぱいの先端が当たってくる。

理衣奈のほう、特に夢中になりすぎだろう……！

「くっ、鷹耶……じゃなかった、理衣奈だったな」

「そうよ、理衣奈……アタシとこんなことまでしといて、今さら苗字呼びに戻ることもないでしょ。アタシを名前で呼ぶ男子なんて、真樹くんだけよ？」

「だ、だよな。理衣奈……」

「きゃっ」

俺はぐっと理衣奈のＣカップの胸を掴み、ぐにぐにと揉む。

「奈楽香のほうも……」

「きゃんっ♡　あっ、おっぱいすっごい強く揉まれて……！♡」

同じく奈楽香の胸も掴んで、重たい胸を持ち上げるようにして揉む。

双子のＣカップとＨカップのおっぱいで身体をこすられながら、手で胸も揉ませてもらう。

こんな快感が――あっていいのか！

「くっ、もう……これ以上は……！　理衣奈！」

「は、はいっ♡」

俺は身体を起こして、マットの上に立ち上がる。

「奈楽香も立て。おまえのおっぱいを吸いながら、理衣奈の口に突っ込ませてくれ――いや、突っ込ませろ」

そうだった、俺は魔王のように鷹耶姉妹に命令しなきゃいけないんだったな。

「ううんっ！　あっ、あっ……♡」

俺は奈楽香を抱きしめ――

理衣奈の口に突っ込み、そのまま激しく口内でシゴかせてもらう。

「ぼ、ぼくのおっぱいも好きに使って……くださいっ」

「なんで敬語なんだよ。まあいい……やっぱり奈楽香のおっぱいは凄いな……！」

理衣奈の口にペニスを突っ込んだまま腰を振って激しくシゴいて。

さらに、立ち上がった奈楽香の胸を片手で揉みつつ、陥没した乳首をくわえて軽く引っ張り出すようにしてから、ちゅーちゅーと吸い上げる。

双子の妹の胸を味わいながら、姉のほうの口でシゴいてもらう――これもまた最高だ。

というか、鷹耶姉妹の身体はどんな味わい方をしても気持ちよすぎる。

「んっ、んむむっ……んっ、ちゅっ、んむむ……！♡」

「お、お姉ちゃんすっごいおしゃぶりしてる♡　あっ、ぼくのおっぱいも、しゃぶられて、ちゅーちゅー吸われてっ♡」

ちゅるちゅると、わざと音を立てて奈楽香の胸全体を口に含むようにして吸い上げて。

もちろん、理衣奈のあたたかい口の中もたっぷり楽しみ――

「くっ……今度こそ、もう……！」

「んんっ、んーっ……んんっ！♡」

鷹耶《たかや》姉妹と風呂に入ってから三日後。

奈楽香《ならか》から脚本の〝修正稿〟が上がってきた。

本当に書き直しやがったよ、あいつ……。

今は夕食も終わった午後九時、翼沙《つばさ》家リビング。

隣の部屋にいる奈楽香からメールで修正稿が送られてきて、プリントアウトして三人で読んでいるところだ。

雪月《ゆづき》はキャミソールにショートパンツ、風華《ふうか》は長袖のTシャツにスパッツという部屋着姿だ。

「大丈夫じゃない？　あたしらの台詞は全然変わってるけど、他の人は台詞も立ち回りもたいして変わってないわよ」

「さすがに本を出版してる作家さんは凄いです。役者に負担をかけずに調整してます」

「だから待てってて。雪月と風華の負担はけっこう大きい……いや、そうか。二人なら台詞の覚え直しくらい軽いのか」

前の脚本の台詞も誇張なしで一日で覚えてたもんな。

元の台詞が生きている部分もあるし、半日あれば覚えられるかもしれない。

「わかった、台詞の覚え直しはいいとして。ただ、ストーリーの内容が――」

「どうしたの、真樹《まさき》？」

「真樹さん、気になるところでも？」

「気になるところは……そりゃあるに決まってる」

俺はプリントアウトされた脚本をパンと叩いた。

「双子の姉弟のキャラも変わってるが、なによりも――」

ざっと読んだだけですぐにわかるほど、大きすぎる変更点がある。

「双子の姉と弟、台詞の量もぴったり量ったみたいに同じだったのに、明らかに姉のほうがメインになってる」

ダブル主演という話だったのに、主人公が一人に絞られたのは明白だ。

男装して騎士になり、悪の宰相に挑む姉――

最後はその姉が一人で宰相に挑む展開になっている。

以前の脚本では、男装した姉と女装した弟が協力して宰相に挑んでいたのに、弟のほうは途中で脱落して姉だけで宰相と対峙して倒している。

主役じゃないどころか、弟は姉の引き立て役になってしまった……。

「ちょっと待ってろ。電話でいいか。えー……あ、奈楽香か？」

奈楽香は隣の部屋にいるが、面倒なので電話をかけてしまう。

『どうしたの、央《なかば》くん？』

「奈楽香、修正した脚本、読ませてもらった。これ、だいぶ話が変わってるよな？」

『ストーリーの筋はあんま変わってないよ。ただ、主役が男装騎士だけになっただけで』

「そこが問題なんだよ。なんでまた急にこんな展開に……」

『ぼく、魔王さまに調教されるお姉ちゃんを見て、新たな扉が開いたんだよ』

「新たな扉……？」

また怪しげなことを言い出したぞ。

俺が風呂場で理衣奈に強く迫ってアレコレやったせいで、こんなことになったのか？

『悪の宰相には、もっと悪の限りを尽くしてもらいたいなって。ただ、弟のほうのおとなしい女装女官をあまりイジめると話が暗くなっちゃうから。強くて気高い男装騎士を宰相が追い詰めて、そこから男装騎士が凛々しく反撃する展開が燃えると思わない？』

「そ、それはわからんでもないが……女装女官にももっと大きい役目を与えて、ダブル主演を続行できないのか？」

『できなくはないけど、男装騎士のほうを目立たせたいんだよね。ぼくには、そのほうがしっくり来るっていうか。やっぱりぼくには姉こそゴッドだから』

「……姉離れの日はまだ遠そうだな」

お姉ちゃん大好きっ子の奈楽香が、姉のほうを主役にするのはむしろ必然か……。

どうやら、奈楽香の脚本を元に戻させるのは難しそうだ。

「あ、真樹、ちょっと電話かわって」

「ん？」

「にゃら、新しい脚本、面白かった。ありがと、これでもっと良い劇になるわ」

「風華です。わたしも面白いと思います。さすがですね、奈楽香さん」

『う、うん。二人とも、急な変更でごめんね。ぼくも劇、楽しみにしてる』

お隣との通話終了。

今さらの脚本修正は問題だが——面白くなったことは俺も認めるしかない。

ただ、この脚本でいくならその前に確認することがある。

「奈楽香の言い分はわかったが……雪月がやってた男装の騎士だけが主役になった。このまま雪月が主役ってことでいいのか？」

「あ、それはダメです」

「風華？」

驚くほどあっさり言われて、俺はきょとんとしてしまう。

「姉の男装騎士のほうが主役になるなら、わ、わ、わたしもそ、そ、そっちをや、や、やりたい、い、いです、す」

「ま、そうよね」

雪月もこくりと頷く。

「風華だって元々主役をやってたんだから、落ち度もないのに脇役に変更って言われても納得しないわよね。あたしが風華の立場だったら絶対に納得しない」

「ええ、納得はできません」

「………………」

風華は控えめに見えるから、主役じゃなくなっても普通に受け入れるかと思ってた。

雪月は妹の心情を理解している——というよりデュアル・ツインだから特に気を遣う必要もなく、風華の気持ちがわかってしまうんだったな。

「じゃあ、雪月と風華、どっちが主役をやるかこれから決め直す……ってことか？」

俺が恐る恐る訊くと、雪月と風華は特に気負った風もなく、同時に頷いた。

おいおい、この二人、本気で言ってるんだよな……？

「一応言っておくが、学園祭本番まであと一週間だぞ」

そう、時間は容赦なく流れていて、もう本番は目の前と言っていい。

ウチの学園祭、夏休みが終わって間もない九月に開催ってスケジュールに無理があるよな。

今さら言っても始まらんが。

「一週間なんて長すぎるくらいよ」

「一日あれば台詞の覚え直しには充分です」

「一度通し稽古をしたら、立ち回りも覚えられるしね」

「一回真樹さんには付き合ってほしいですね。絡みが多いですから」

「それくらい何回でも付き合うけどな……本当に大丈夫なのか？」

台詞が少ないくせに、まだ演技も固まってない俺が言うことでもないか。

ただ、時間が充分ってことはないと思うんだが……。

「ねえ、風華。それでいいよね？」

「ええ、ゆづ姉《ねえ》。それしかありません」

「………？」

雪月と風華が顔を見合わせて、同時にこくりと頷いた。

なんだ、二人だけでなにを理解し合ってるんだ？

俺が戸惑っていると——

「あたしと風華、どっちが主役をやるか真樹に決めてもらいたいのよ」

「わたしとゆづ姉、どっちが主役をやるか真樹さんが決めてください」

「俺⁉」

思わず、ぎょっとしてソファから立ち上がってしまう。

それでも、双子は動じた様子もなくむしろ二人揃ってニコニコ笑っている。

「わたし、主役を譲りたくありません」

「あたし、主役を譲る気はないからね」

雪月と風華はニコニコ笑っていて口調も楽しげですらあるのに、言っていることは攻撃的だ。

「わたしたち、いつも仲が良くて常に通じ合ってる双子ですけど」

「だからといって一切争わないってわけでもないのよね」

「……雪月と風華はなんでもシェアしあうのかと思ってたよ」

いいや、そんなわけがない。

デュアル・ツインだろうと運命の双子であろうと、二人で一人、一人で二人であろうと。

翼沙雪月と翼沙風華はそれぞれ別の人間。

そんなことは、考えるまでもなく当たり前のことなのに。

俺は完全に、雪月と風華が一つのものを取り合うことなんてないと思い込んでいた。

選択を迫られる時は、もっと先のことだと思い込んでいた――

俺は雪月も風華も決して手放さない。

だが、何一つ選ばなくていいってことじゃない。

そんな虫の良い話があるわけがないんだ。

俺は二人の女子と付き合っていて、双子たちのどちらと先に最後まで――それを選ぶ日は必ず来る。

その日が来る前に、双子を巡る選択の機会は一度ならず訪れるんだろう。

だからこそ、双子は演劇の舞台の主役を選ぶ役目も俺に任せている。

もしかすると雪月と風華は、この選択を〝予行演習〟とでも思ってるんじゃないのか。

「じゃあ、風華」

「はい、ゆづ姉」

二人もソファから立ち上がり、部屋のドアへと向かう。

「雪月、風華、どうする気だ……？」

「あ、そうだったわ。真樹には説明しないと伝わらないわね」

雪月がぴたりと立ち止まって振り返り、風華も同じようにする。

「わたしたちは自分の部屋に戻って待っています」

「あたしたちのどっちが主役をやるべきか、真樹が決めてくれたら」

「「選んだほうの部屋に来て――決着をつけましょう、宰相さま」」

二人はまったく悲壮感もなく同時に言って、微笑を俺に向けてから。

二人一緒に、リビングを出て行った。

「…………」

俺はソファに深くもたれかかる。

突然、奈楽香が脚本を書き直したと思ったら、こんな急展開になってしまうとは。

心の準備ができていなかった――だが、予兆などなく事態が急変することなどいくらでもありえる。

俺だって、あの日の放課後に雪月に突然告白してしまった。

雪月も風華も、あの日にいきなり自分たちの気持ちを告げることになるなど想像もしていなかっただろう。

俺だって、突然突きつけられた選択に答えを出さなくてはいけない。

あの日、雪月と風華が俺に答えをくれたように。

「雪月と風華、どちらを選ぶか……」

たかが学園祭の舞台、されど学園祭の舞台の主役。

俺にとって、雪月か風華のどちらかを選ぶというのは、大きすぎる選択肢だ。

風華が翼沙家の本家に一人で残り、彼女を迎えに行ったときとも状況がまるで違う。

あのときは雪月も協力してくれて、二人を俺のもとに取り戻すための戦いになった。

だが、今日のこれは二人ではなく一人を俺が選ぶという――大げさにいえば〝試練〟だ。

「困難な試練ですが、真樹さまなら解決できます」

「真樹さまにはダブルマインドがあるのですから」

「出たな……」

入れ替わりのように、今度は亜沙《あさ》と優羽《ゆう》がリビングに現れていた。

そうだ、俺は二つの人格があり同時に別の考えを巡らせ――要するに脳内で会議ができてしまう。

自分の中で対立する意見を戦わせ、結論を導き出すことができる。

「人から見ればたいしたことじゃないかもしれない。けど、これは簡単な問題じゃないんだ」

「僭越ながら理解しています。ですが、真樹さまならお答えを出せるのでは？」

「失礼ながら、私と亜沙は真樹さまとお嬢様たちを夏の間、見てきましたので」

「……実は最近、優羽のほうがお気に入りになってる」

俺は、二人のメイドのほうを見ずにそう言った。

今言わなくていいかもしれないが、ふと思いついて口から出てしまった。

わずかだが優羽に気持ちが傾いたのは、特にこれといって理由があったわけじゃない。

ただ、なんとなく優羽と時間を過ごすことが少しだけ多く、例の〝練習〟のときも優羽の身体を念入りに味わっている。

この前は否定してしまったが、実はそんな自覚が確かにあった。

「当然のことかと思います」

そう言って一礼したのは亜沙のほうだった。

「我々はお嬢様たちと違い、デュアル・ツインでも運命の双子《デスティニー・ツインズ》でもありません」

「我々が確実に別の存在である以上、どちらかに寵愛《ちょうあい》が偏《かたよ》るのは当然でしょう」

「ちょ、寵愛って……」

俺はいったい何様だ？

「私が亜沙より多く可愛がられることを喜んでしまう一方で」

「私が優羽より可愛がってもらえないことは悲しく思います」

「ですが、我々に順位をつけてしまうのは当然のこと」

「優羽が勝ち、私が負けているというだけのことです」

「それだけのことって……」

思い切って口に出した事実だったのに、亜沙と優羽にはまるで動揺が見られない。

「今後はお気に入りの優羽を多く可愛がってください。もちろん、この亜沙の身体もいつでも練習にお使いください」

「ええ、私だけでは物足りないでしょう。亜沙のほうも存分に可愛がってください」

「俺には亜沙も優羽も、二人ともまだまだ必要だ」

今の俺にはこの程度のことしか言えない。

亜沙をフォローしてやることすらできないのは情けないが――

「「真樹さま、お答えは出たのですね？」」

「唐突に気づいたな。そうだな、おまえたちと話す前に既に答えは出ていて、今は亜沙と優羽と話をしながら考えをまとめてた」

二つの人格で会議ができるというのは、本当に便利なものだ。

迷う必要がない、というのは良いような少し寂しいような気もするな……。

「答えが出た以上は、二人を待たせるわけにはいかないか」

俺が立ち上がると、亜沙と優羽はリビングのドアの左右に立って。

スカートをつまんで一礼し、ドアの先へと導いてくれる。

あとは亜沙と優羽、二人の間を通り抜けて——彼女のもとへ行くだけだ。


俺はためらいなくドアを開け、室内に足を踏み入れる。

ドアの向こうの部屋は薄暗く、ベッドサイドの灯りがついているだけだった。

「本当にあたしを選んでくれたわけ？」

「……元々、騎士を演じていたのは雪月だろ」

俺は、ベッドに座っていた雪月に声をかける。

さっきと同じくキャミソールにショートパンツという格好だ。

肩や胸の谷間、太ももあらわな姿——完全に油断している服装で、たぶんこんな姿が見られるだけでも幸運なことなんだろう。

「雪月がやるべきだ。劇はクラスの出し物で、できる限り他のクラスメイトに迷惑をかけないほうがいい。奈楽香の書き直しもクラスのみんなに驚かれるだろうし、少しでも手間を省けるように雪月がやったほうがいい」

「本音は？」

「主役を張る雪月の姿が見たい」

「………………」

雪月はわずかに笑い、こくっと頷いた。

長い建前も決して嘘ではないが、短い本音のほうが重要だ。

何日も悩んだわけじゃない。それどころか、考えていたのはほんの数分だ。

答えはごくシンプルで、悩むほどのことでもない——と言えなくもない。

俺の中にあった答えは、本当にさっき言ったとおりのものだった。

「俺も舞台に立つんだ。悪のラスボスの俺に挑んでくる女騎士は、雪月の姿しか思い浮かばなかった……」

「そう」

雪月は短く答えるだけだった。

いつも明るくはしゃいでいる雪月にしては、おとなしすぎるほどのリアクションだった。

まるで風華のような——

「ああ、そうだ。風華にも言ってこないとな……」

「言う必要はないわよ。風華は部屋を出て行った。メイド部屋に行ったんじゃない？」

「え？　なんでわかるんだ？」

「この部屋は壁が厚いけど、さすがにドアが開いたらわかるって。気がつかなかった？」

「……気がつかなかった」

よほどテンパっていたのかもしれない。

俺だってこの部屋に住んでいるんだから、ドアが開閉する音が響くことくらい知ってたし。

なんなら、廊下を歩く足音だって気づいたはずなのに。

「風華を……傷つけたよな」

「真樹が気にすることじゃないわ。選んでって迫ったのはあたしたちよ」

「それでも……！」

俺は雪月のそばに歩み寄り、彼女の華奢《きゃしゃ》な肩を掴《つか》む。

「それに……傷ついたのは風華だけじゃないわ」

「どういう意味——そ、そうか！　デュアル・ツイン……！」

この双子は感情を共有している。

雪月が愛する者は風華も愛していて、風華が愛する者は雪月も愛していて。

雪月と風華は、それぞれ姉妹の分の愛情も同時に持っている。

それと同じように。

もしも風華が傷つけば、雪月もまた傷ついてしまうということ——

「だから、あたしに優しくしてくれたら風華も優しくされたと感じてくれるのよ」

「俺は……どうしたら……」

「今言ったでしょ。優しく、して？」

雪月はベッドに腰掛けたまま、俺の顔を見上げて意味ありげに微笑みを向けてきた。

その微笑みの意味がわからないほど鈍くはない。

いや、女心など一ミリもわからなかったが、もう鈍いままではいられない。

俺は感情を共有している双子、二人と付き合い、二人とずっと一緒にいたいのだから。

こんな風に傷つけてしまうことも、一度や二度では済まないだろう。

それでも、俺は彼女たちを失わないためにやるべきことをやらなければ——

「ん……」

俺は雪月の肩を抱いたまま、唇を重ねる。

こんなことしかできないが——俺にとって彼女たちへの気持ちを伝える唯一の方法だから。

「フレイヤ、照明ムーンシャイン」

【了解、照明ムーンシャインに変更します】

雪月の声にスマートスピーカーが応え、照明がいつかの夜のように月光が差し込むような淡い灯りに変わる。

「風華の悲しみがあたしに伝わってくる。だけど、あたしが感じてる、真樹に選ばれた喜びを風華も感じてるのよ」

「あたしの悲しみを消して。喜びだけであたしを満たして。そうしたら、風華の心も満たされるから」

「喜び……」

「ああ……本当にそれでいいんだな」

「もちろん。でも、一つだけお願いがあるの」

淡い光の中で、雪月はキャミソールを脱ぎ、ショートパンツも脱いで。

ピンクの可愛いパンツ一枚だけという姿になってしまう。

雪月は床の上に立ち、両手を広げてその真っ白な肌を見せつけるようにしてくる。

まったくガラにもない、冗談でも口に出せない気障《きざ》な言い回しをしてしまうと。

月明かりに似た淡い光の下に立つ彼女は、まるで女神のようだ――

「今夜はあたしのすべてを見て。すべてを見ながら、可愛がってね」

「……可愛いな、雪月は」

俺はベッドの上に、肌をさらした雪月を押し倒す。

キスしてぎゅっと抱きしめ、その首筋に唇を這わせる。

「は……はぁっ♡」

首筋を舐めてちゅっと吸い上げると、雪月は甘い声を上げた。

「考えてみれば、雪月一人だけとするのは……いつ以来かわからないくらい久しぶりだな」

「真樹はいつつも二人以上でやってるもんね」

「それもとんでもない話だよな……」

「悪いことじゃないよ。んっ♡」

雪月も俺の背中に腕を回してきて、お互いに抱き合う。

まるで二人で溶け合うようにして強く抱き合い、裸の胸の感触が伝わってくる。

ぎゅうっと抱き合ってから、身体を離して――

「もっと、いつもみたいに……いつも以上におっぱい、吸って♡」

「言われなくても」

俺は雪月のＧカップおっぱいを揉み、ちゅぱっと唇で乳首をくわえて吸い上げる。

ちゅーちゅーと音を立てて乳首を吸い上げ、荒っぽいほどの動きで胸を揉みしだく。

寝転んでいても横に流れない、張りのあるおっぱいを揉み、可愛い乳首をかぷっと甘噛みする。

「んっ、はぁっ……そ、そんなに激しくしたら……ふ、風華も感じちゃう……♡」

「今は雪月を感じさせてるんだ。もっと……感じてくれ」

「い、嫌でも感じちゃう……はっ、あぁっ♡」

俺は雪月の乳首から口を離し、両手で荒々しく二つのおっぱいを揉む。

大きすぎる二つのふくらみがぐにゃぐにゃと形を変え、離すとぷるるんっと揺れた。

「雪月、もっとくっつきたい……」

「う、うん……あたしのこと、好きにして♡」

俺は雪月の身体を抱え起こして、ベッドの上であぐらをかく。

それから、雪月の軽すぎるくらいの身体を膝の上に乗せるようにして抱き合う。

「雪月……」

「んっ♡　んっ、んちゅっ、んむむ♡」

俺は雪月と座ったまま抱き合い、互いの唇をむさぼるようにして濃厚なキスを交わす。

「ふぁっ、真樹ぃ……んっ、もっとキスしてぇ……♡」

雪月は俺にぎゅっと抱きつき、両脚を俺の腰に絡ませるようにしてくる。

互いの身体がぴったり密着して、そのすべすべした肌の感触が伝わってきて――雪月の髪の甘い香りも漂ってくる。

「雪月、また胸も……」

「う、うん。好きなだけ吸って♡」

雪月はすっと後ろに身体を引き、たゆんっとおっぱいが揺れた。

俺は雪月の背中に腕を回したまま、さっきとは逆の胸に顔を寄せ、ちゅうっと乳首を吸う。

「はっ、あっ♡　そんな、優しく吸ったら、あっ、あんっ♡」

雪月は髪を振り乱し、甘いあえぎ声を漏らしている。

その声はますます俺を興奮させ、昂《たか》ぶりのままに乳首を軽く噛み、舌先で先端を舐め回す。

「んんっ♡　す、すごいっ♡　そんなにしたら、あたしっ♡」

「お、俺ももう……これ以上は……！」

既に猛《たけ》りきったペニスを取り出し、ぐいぐいとパンツ越しに秘部をこすっていく。

うおお、キスとおっぱいのおかげで最高に興奮しきっていて、こんなパンツ越しでは満足できそうにない……！

「ゆ、雪月っ、少しだけっ……！」

「な、なんでも好きにしてっ、あたしの身体っ、好きにしてぇっ♡」

雪月が叫ぶ前に俺はペニスを掴み、パンツの中に差し込むようにして——直接秘部に触れさせ、上下にこすっていく。

そこはあたたかく湿っていて、ズリズリとこするたびに痺れるような快感が走る。

「はっ、ちょ、直接、そこぉっ♡　き、来てるっ、そんな風にしたらっ、あんっ、ダメっ、ダメぇ……あっ、あたしのそこまで好きに使うなんてぇ、ダメ♡」

ダメと言いつつ、雪月のほうも腰を振り、俺のペニスの感触を味わっている。

お互いにリズムを合わせて秘部をこすり合わせ、雪月のそこから液体がこぼれ出してくる。

「こ、こんなのっ、恥ずかしい♡　ふ、風華にも、こんないやらしいことしてるって伝わっちゃうのに♡」

「もっといやらしくなって、風華にも教えてやろう……」

「ば、馬鹿ぁ♡　真樹、エッチすぎぃ♡　風華までそんな風にイジめるなんてっ、あっ、あたしの妹っ、いやらしくしちゃうのぉ♡」

「双子だからな、同じようにいやらしくあえいでくれ……！」

俺はパンツの中にペニスを突っ込んだまま激しく腰を振り、乳首を荒々しく舐め回し、はむっと乳房全体を口に含むようにする。

胸をむしゃぶり尽くしながら、雪月のすべすべした背中を抱き寄せ、尻にも手を這わせる。

「もっ、もうダメっ、もうあたしっ……だから、キ、キス……もっとキスしてぇ♡」

「あ、ああ……」

「はむっ、んっ、んんーっ♡」

俺は乳房から口を離して唇を重ね、ぎゅうっと雪月を抱きしめて密着し、下から突き上げるようにして腰を振る。

雪月の身体が激しく上下に揺れ、Gカップのおっぱいがぶるんぶるんと弾んでいく。

最高にいい身体、最高に甘い声、最高に可愛い女の子だ……！

前は憧れるだけだった翼沙雪月の身体が、俺の腕の中にあって、すべてを捧げてくれている。

ピンクのパンツの中に隠されたそこだけが――聖域として残っている。

「はっ、ああっ♡　いいよっ、真樹っ、真樹のをもっとあたしの身体に押しつけて、あたしのそこに……もっとちょうだいっ♡」

「雪月っ……！」

「ふ、風華の名前も……風華も呼んであげてっ」

「ああ、俺は雪月も風華も好きだっ！　選んだからってなにも変わらない！」

「もっと強くして！　強く激しくしてくれたら、もっと風華にも伝わるから♡」

俺はお望みのとおりに下から強く突き上げていく。

一つ間違えば、聖域を奪ってしまいそうになるが——まだそこにだけはなにもできない。

「なによりおまえに伝えたい。俺がどれだけおまえのことが好きなのか……！　俺が翼沙雪月にどれだけ憧れてきて、今も好きなのかって！」

「わ、わかってる！　真樹の気持ちも、風華の気持ちみたいにあたしに伝わってきてるからっ、もっと……キスしてっ、最後はちゅーしながらにしてっ♡」

「あ、ああ」

俺は雪月と唇を重ね、熱い舌を吸い上げ、口内で絡め合う。

濃厚すぎるほどのキスを交わしながら、パンツの中でペニスをぐっと押しつけるようにして。

「あっ、先っぽが……んっ、そこはダメっ♡」

「あ、ああ……くっ、でももう……！」

あまりに気持ちよすぎてそのまま突っ込みそうになったが、かろうじて先が少し入っただけで済んだか——

まだ大丈夫なはず……。

「んっ♡　んっ、ああっ、もう……ダメっ♡　だめぇ♡」

「雪月っ……！」

俺は、最後に強く雪月のそこをペニスでなぞるようにこすり上げて——

そのまま、一気に果ててしまい、雪月の白いお腹にすべてを吐き出していく。

「あ、ああ……熱いの、お腹にかかってる……！」

「ああ、これが俺の雪月への……」

「うん……ちゅっ♡」

俺と雪月は、軽くキスを交わし、またぎゅっと抱きしめ合う。

それからパンツの中からペニスを引き抜き――並んで寝転ぶ。

「雪月……俺、これでいいんだろうか？」

「なによ、それ……」

「俺は雪月が好きだ。風華も好きだ。でも今回、おまえたちに順番をつけちまった。それをごまかすみたいに雪月だけを抱いて――いや、最後まではしてないが」

「ごまかされてないわよ……あたしたちの身体を楽しんでくれて、嬉しいんだから」

「そう、なのか……」

俺だけが気持ちよくなった気もしてしまうけれど……。

「そうですよ、わたしもう……立っていられませんよ」

「風華っ!?」

俺は、ぱっとベッドの上で身体を起こす。

いつの間にか雪月の部屋のドアが開いていて、風華が中に入ってきていた。

風華もさっき着ていた長袖Tシャツもスパッツも脱ぎ、清楚な白いパンツ一枚だけという格好だった。

薄暗い部屋でベッドのそばに立つ風華もまた、まるで女神のような――

「こ、こんなに凄いなんて……三人でするときより感じちゃったかもしれません……」

風華はふらふらと歩いてきて、雪月のベッドにどさっと横になった。

雪月と風華が、ベッドの上で重なり合うようにして寝転んでいる。

「ほら、風華も感じすぎてこんなになっちゃってる♡」

「はい、なんだか全部吹っ飛んじゃったみたいです♡」

「風華、俺を許してくれる……のか？」

「どちらも選ばない、なんていい加減なことをされたら怒っていたかもしれません」

風華はにっこり笑い、俺の手を取って、ちゅっと手の甲にキスしてきた。

「これでいいんです……わたしのこともいっぱい楽しませてくれましたから」

「デュアル・ツインだからね。風華が嘘を言ってないってあたしが保証するわよ」

「そうか……」

俺は雪月と風華、それぞれピンクと白のパンツをはいただけの可愛すぎる双子の間に挟まれるようにして寝転ぶ。

「決めましたよ、わたし。ゆづ姉、真樹さん」

「ん……？　なんだ、風華？」

「わたし、勝ちたいんです。わたしも選ばれたいんです」

風華は俺の肩に頭を載せてくる。

甘い髪の香りが俺の鼻をくすぐってきて――

風華は微笑を浮かべ、上目遣いで俺を見つめながら口を開いた。

「だからわたし、ゆづ姉のオマケから卒業しますね」

エピローグ

学園祭当日――

我がクラスの出し物、演劇『ちぇんじりんぐ！』は無事に上演された。

凛々しい男装の騎士である姉と、たおやかな女装の女官である弟の劇は大ウケだった。

学園祭自体も無事に終わり、『ちぇんじりんぐ！』は出し物の人気投票一位もゲットできてしまった。

まあ、プロの作家が脚本を書いて、雪月《ゆづき》と風華《ふうか》みたいな美人が出演してるんだからな。

スペックの高い雪月と風華は演技もプロ並みだったしなあ……そりゃ一位になるのも当然といえば当然だ。

そして日が暮れて、今はグラウンドで後夜祭が開催されている。

お決まりのファイヤーストームやダンスなんかもやっているらしい。

ただし、俺は――俺たちは。

「はー、やっと終わったわね。けっこう緊張したわ」

「え？　雪月、緊張してたのか？　あれで？」

俺は雪月と二人で、自分たちの教室にいる。

舞台を演じた体育館から回収してきた小道具や背景、それに衣装などが乱雑に置かれたままで、これらは明日まとめて片付ける予定だ。

机などは教室の後ろ半分に置かれている。

「あたしも人間よ？　あれだけ大勢に見られてて緊張しないわけないって」

「そりゃそうか。凄い数の客だったもんな。ポスターの効果も大きかったみたいだな」

舞台の直前になって雪月をメインにしたポスターをつくり、校内のあちこちに貼り、当日にビラも刷って男子部隊が来場客に配りまくった。

凛々しく剣を構える男装騎士の雪月、その横にたたずむ女装女官の風華は二人とも美少女すぎた。

大判サイズのポスターは盗難まであったらしい。それを予想して多めにプリントしてあったので、すぐに貼り直したけどな。

「でも、盛り上がってくれてマジでほっとした。直前で脚本変えて、自分が主役になって、これでお客さん入らなかったらあたしのせいじゃん？」

「脚本変えたのは奈楽香《ならか》だろ」

「脚本も責任者はあたしだもの。にゃらは外部の人だし、頼んだあたしが責任取らないと。ま、評判よかったから手柄もあたしのものにしていいわよね」

「おいおい」

「冗談よ。でも、そろそろ着替えていいかな？」

「あー、さすがになあ」

俺と雪月は、実はまだ舞台衣装のままだったりする。

投票を呼びかけるために、ついさっきまで校内を回らされていたのだ。

雪月の格好は騎士――といっても、劇の最後に着けていた鎧（ハリボテ）の一部が外れて、胸の谷間があらわになっている。

俺の衣装は全身を包むような黒マントで、いかにも〝悪の親玉〟という感じだ。

「まあ、あたしのほうはまだ軽くて動きやすいからいいけど、真樹《まさき》のほうは暑そうね」

「俺は服装より、この髪がちょっとな……」

「はは、格好いいわよ。新鮮で悪くないわね」

「そうかな……」

俺は整髪料でガチガチに固められ、オールバックにされた髪に触れてみる。

普段は適当に前髪を下ろしているので、額を出しているのが落ち着かない。

「俺って、髪を上げると余計に凶悪に見えるんだな。自分でも初めて知った……」

軽くメイクもして、目を鋭くして頬をこけさせたりして、より凶相が目立つようになってるからなあ。

「ラスボスなんだから、客にも怖がられるくらいで成功だったのよ」

「ある意味、悲鳴は上がってたな」

「あたしより真樹の登場のほうがリアクションはよかったわよ」

「悪い意味でな。主役の雪月がＭＶＰなのは間違いないだろ」

「結局、みんなが主役みたいなもんよ。あ、リィのダンスも凄かったわよね」

「奈楽香が脚本担当の立場を利用して、姉の見せ場をつくった感あったけどな。理衣奈《りいな》は忙しいから登場させないとか言ってたのに、やっぱり姉を活躍させたくなったんだな」

俺と雪月は、互いに苦笑を向け合う。

ほんの三十秒ほどだったが、宮廷で踊り子がダンスを披露するシーンがあった。

鷹耶《たかや》理衣奈がヘソと太ももがあらわな衣装で舞い踊り、ハイレベルなダンスに客席は大いに沸いていたものだ。

理衣奈は今度出演する舞台の練習に追われているが、この演劇のダンスがいい息抜きになったと楽しそうだった。

「まあ、ちょっとエロすぎたから理衣奈は職員室に呼び出しくらうかもしれないが……」

「真樹に仕込まれてエロくなりすぎたわね、リィは」

「仕込むって人聞きの悪い……」

ただ、この夏に理衣奈とエロいことをしすぎて、彼女はなにもしてなくても色香が漂うようになってしまった。

俺としてもやりすぎた気はするが、理衣奈本人はダンスに色気が増して喜んでいる。

「あ、リィからＬＩＮＥ。あれ、これって……」

「おっ、俺のほうにも来てる」

俺と雪月は同時にスマホを取り出して、ＬＩＮＥのトーク画面を確認する。

メッセージではなく、一枚の写真が送られてきていた。

「ああ……よかったじゃん、リィ」

「奈楽香もだな」

もちろん、奈楽香も舞台を観にきてくれていた。

双子メイドが翼沙《つばさ》家に手配して、車を用意してタワマンから学校まで直接乗り付けることができたというのも大きかっただろうが。

引きこもりの奈楽香が頑張ってウチの学校まで来てくれただけで、俺たちも、もちろん理衣奈も喜んでたのに、それに加えて――

「さすがにまだ、お母さんのほうは、ちょっと複雑そうな顔してるわね」

「はは、そうすぐに元通りにはならんだろ」

派手なダンス衣装のままの鷹耶理衣奈と、秀華《しゅうか》女子の白いセーラー服姿の奈楽香。

ピースする双子の間に挟まれているのは、黒縁の眼鏡をかけた生真面目そうな中年の美人。

以前にＴＶで見た鷹耶佳奈《かな》――鷹耶姉妹の母親だった。

娘が脚本を書き、もう一人の娘が華やかなダンスを披露した舞台だ。

親が観にくるのは普通だが、この母親が学園祭に来てくれた意味は大きい。

「リィたちの家出、これで終わるのかな？」

「どうかな……もう少し残っていてくれてもいいがな」

「へぇー、まあエッチになったリィとＨカップのにゃらの身体、もっと楽しみたいもんね」

「そういう意味じゃない！」

雪月と風華、亜沙《あさ》と優羽《ゆう》、それに理衣奈と奈楽香の六人と暮らす生活が楽しい、という意味で言ったんだよ。

もちろん、雪月もわかっていてからかってきたんだろうけどな。

「ただ、真樹もリィも凄かったけど、一番は――」

「あいつなのかもなあ」

「あ、ゆづ姉《ねえ》、真樹さん、お疲れさまです」

教室に入ってきたのは、風華だった。

風華もまだ舞台衣装のままで、ひらひらした黒いドレスをまとっている。

友達と後夜祭に行っていたはずだが、一人で抜けてきたらしい。

「おー、主役を食った女がやってきたわよ」

「そ、そんな、人聞きの悪い……主役はゆづ姉ですよ」

風華は戸惑ったような顔をして、頬を赤らめる。

「いやいや、風華。あんた、仕上げすぎだったわよ。あたしが主役だったのに、風華の演技のほうが明らかに凄かったでしょ」

「……ちょっと頑張りました」

「ちょっとじゃないだろ」

さすがに俺も黙っていられず、ツッコミを入れる。

風華が演じる女官は主役から外され、悪の宰相との最後の対峙にも登場しなかったが――中盤では、〝男なのに可愛い〟〝薄幸の女官〟を見事に演じきり、俺や雪月のときとはまた違う、観客からのリアクションがあった。

歓声や悲鳴じゃなくて、静かな感動みたいな声が上がってたな。

「まったく、主役を取られたからって実力で見せ場を奪っていくとはね。やるわね、風華」

「ええ、わたしは――実力でゆづ姉のオマケから卒業しますから」

風華はそう言うと、にっこり笑った。

それから、俺に寄り添ってきて唇を重ねてくる。

「お、おい、風華……ここ、教室だぞ？」

空き教室でもなければ裏庭でもない。

いつ誰が来るかわからないのに。

「大丈夫です、みなさん後夜祭で盛り上がってますから、誰も来ませんよ……」

「そ、それはそうだが……」

「それに、いつも授業を受けてる教室だからこそドキドキしませんか？」

「待て待て！」

「だから、もっとドキドキしましょう……？」

風華は、着ていた黒いドレスをするっと脱いでしまう。

現れたのは見慣れてしまった真っ白な肌と――

「ふ、風華、それって……」

「実は今日は、下着を少し攻めてみました」

「少しじゃないだろ！」

レースで縁取りされた黒のブラジャー、パンツも黒だがサイドがヒモになっていて布面積があまりに小さい。

エロいというよりセクシーという表現がぴったり来るかもしれない……。

「風華、こんな下着で舞台に立ってたのか……」

「なんかちょっと変だとは思ってたのよ……〝女装してドキドキしてる男の子〟が上手すぎたし。この下着をつけてるからドキドキしてたのね？」

雪月は妹の大胆な行動と大胆な下着姿に驚いているようだ。

いや、デュアル・ツインなのだから雪月もドキドキしているのかもしれない。

「役作りのためです。でも、素人ですからなにか工夫をしようと思いついたんです」

「やるわね。風華のこんなエッチな下着、初めて見たわ……似合いすぎてる」

「清楚な風華がエロい下着をつけてると、凄すぎるな……」

「ふふ、恥ずかしかったですけど、お二人の反応を見ているよかったです」

風華は顔を赤くして笑い、小さく舌を出した。

まさか、学園祭も終わって最後の最後にこんな展開が待ってるとは――

「ちょっとだけ。ちょっとだけいいですか？　せっかく、こんなえっちな下着を着けてきたんですから」

「それ、女子の側から言うことか……？」

そう言いつつ、俺は風華の身体を抱き寄せてキスする。

こんなエロい下着姿の風華を見て、なにもせずに家に帰るなんて不可能だ。

家まで我慢できるわけがない……！

「んっ……はぁ♡　真樹さん、好きにしていいですよ……いえ、好きにしてほしいです。えっちな下着姿のわたし、楽しんでください♡」

「お、おい……」

俺は戸惑いつつも、風華のGカップのおっぱいを揉む。エロい下着越しで触れる胸はいつも以上に興奮させられる。

ぷるんっぷるんっと揺れる胸を味わいながら、風華の唇にキスして舌を吸い上げ、また唇を重ねる。

「はぁ……もっと……どうぞ……♡」

「ま、まだいいのか……」

俺は風華のブラジャーを軽く下にズラした。

今日のエロい黒のブラは、カップが小さくて胸がほとんどこぼれ出しそうになっている。

少しカップを下にズラすだけで、ピンクの可愛い乳首が出てしまう。

「きゃっ……♡　も、もう何度も見られたのに、今日は恥ずかしいです……」

「うわぁ……ガチでエロい。風華の小さい乳首、ブラからこぼれてんのエロすぎでしょ」

「ゆ、ゆづ姉、見ないでください……」

「いや、あんたの乳首なんてちっさい頃から数え切れないほど見てるわよ」

「えっちな下着を着けてるときに見られたのは生まれて初めてですよ……きゃんっ♡」

俺は我慢できず、ブラからはみ出した乳首をちゅっちゅと吸い上げる。

黒いブラが視界に入る中、吸う乳首の味はいつもと違う……！

「あっ、そんなにっ、強く吸ったら……んっ♡」

「ヤバい、我が妹ながらエロ可愛すぎだわ……」

「ゆ、ゆづ姉もまだ見てます……」

「ていうか、見てるだけとかもう無理だわ」

雪月は鎧を外し、その下に着ていたシャツとズボンも脱いでしまう。

いつもの風華が着けているような白いブラジャーとパンツという格好だ。

「あたしのほうは逆に地味なのよね。ま、男装だから仕方ないけど。あまりエッチな下着つけてたら、男子になりきれないし」

「いや……雪月のその下着姿もいいな」

「でも、今は……風華のほうを楽しんであげて」

「あっ、ああっ♡」

雪月が風華の後ろに回り、黒ブラに包まれた胸を持ち上げるようにして揉んでいる。

「ああっ♡　ゆ、ゆづ姉に胸を揉まれながら、真樹さんに乳首吸われてます♡　ああっ、ダメぇ……凄すぎます……♡」

風華は感じまくっているようで、雪月に後ろから胸をぐにぐにと揉まれ、俺に乳首をちゅーちゅーと吸い上げられ、身体を反らしている。

「おお、こういうのもいいな……いつもは俺が雪月と風華を同時に責めてたが、俺ともう一人で連携して一人を責めるっていうのも……」

「ま、真樹さんはわたしの身体、一番知ってますし……あっ、感じるところも、全部っ、知ってますし……ゆづ姉もデュアル・ツインだからっ、わたしが感じてたら、わかっちゃいますからっ、この二人に、一気に責められたらぁ……♡」

びくびくっ！と風華は身体を震わせて、甲高い声を上げ——そうになって、後ろから雪月に手で口を塞がれた。

さすがは双子、風華が声を上げるタイミングを察してくれたようだ。

いくら校舎に人がいないとはいえ、甲高いあえぎ声を上げたら、グラウンドにいる生徒たちに聞こえないとも限らない。

「きゃっ、また乳首っ♡」

「あたしはもっと、このおっぱい揉んじゃおう♡　妹のおっぱい揉むのってクセになっちゃうわ……♡」

雪月が胸を揉み続け、俺は乳首をつまんでころころと転がし、引っ張る。吸うのも最高だが、こうして指で味わうのも悪くない。

風華は感じすぎていて、乳首が硬く尖っている。

「転がすのもいいが、やっぱりもう少し吸うか」

「やんっ♡」

俺は風華の乳首を舐め回し、ちゅうちゅうと吸う。ほのかに甘い乳首を味わい、軽く歯を立てる。

「んっ♡　ま、真樹さん、こんなに責められたらぁ♡　ダ、ダメですっ、胸ばっかりこんなに……ダメっ♡」

「はいはい、風華。だから声出しすぎだって。可愛いけど、それ以上おっきな声出したら、みんなにバレるって。まあ、それも面白いけどど♡」

「それはさすがにダメだろ……いや、面白いかもな」

俺は風華にちゅっとキスして。

「ふふふ、おまえの心などどうでもよい。その艶《なま》めかしい身体だけ私に捧げるのだ……！」

「さ、宰相さま……！」

「おいおい、また役に入り込んじゃってるよ、この二人」

思わず芝居を始めてしまった俺と風華に、雪月が呆れてツッコミを入れてくる。

「許さない、オレの妹に手を出すことはたとえ宰相であろうと許さん！」

「雪月もまた役に入ってるじゃないか」

「はぁん……後ろからゆづ姉のレアな男子声《イケボ》が……♡」

いやいや、俺もなにがなんだかわからなくなってきた。

「俺は――真樹央《なかば》は、風華の身も心もどっちもほしい。全部手に入れたい」

風華の腰を抱き寄せてキスする。後ろから雪月も風華の首筋に抱きついている。

「真樹さん……ゆづ姉……！」

風華を挟んで、俺たち三人で抱き合っている――こんな風に三人で絡み合うのも最高にいい。

今は風華が俺たちの中心で、その彼女とこうして抱き合うのがこんなに気持ちいいとは。

俺たちは三人で絡み合ったまま、しばらく時間を過ごして――

「……そろそろ服を着たほうがいいな。後夜祭もそろそろ終わりだ」

「はい、真樹さん……」

「そうね、真樹」

俺たちはようやく離れて、それぞれ服装を直していく。

風華のエロい黒下着はもっと見ていたい気分だったが、ここは我慢だ。

「あ、いい風。涼しいわ」

服装を直した雪月が窓を開けると、涼しい夜風が吹き込んできた。

そうだな、風も少し冷たくなってきたな。

「後夜祭も終わるわね……学園祭が終わって、夏も終わっちゃうのよね」

「ああ、そうだな。長かった夏も終わりだな」

雪月の長い茶髪が、風になびいている。

「来週には衣替えで長袖を着ることになりますね」

風華も服装を直し、雪月の隣に並んで――彼女の黒髪も風になびいていく。

「そういえばまだ、冬服の風華は見てないな」

風華は夏になって転入してきたので、ウチの高校の冬服はまだ着ていない。

「わたしも真樹さんの冬服姿が楽しみです。写真、たくさん撮らせてくださいね」

「そんなもん、スマホの容量の無駄だと思うが……まあ、風華がよければいくらでも」

「今のスマホ、512GBなので1TBの機種に買い替えてきましょう」

「無駄遣いにもほどがある！」

ストレージが1TBのスマホなんて、いったいいくらするんだ？

「わたし、これからドンドン攻めていくので。ゆづ姉には負けませんから」

「あたしだって簡単に譲る気はないわよ？」